私が月灯りに照らされるころ

Taro

文芸社

私が月灯りに照らされるころ　目次

昨日私は、不可思議な夢を見た。

昨晩から今朝にかけて、つまり、たった一晩で、私が高校三年生だったころの一年間を回想する夢を見たのだ。もう八年前の話だ。

私にとって、絶対に忘れられない、そして二度と味わいたくもない、苦くて嫌な想い出がたくさん詰まった一年間だった。

プロローグ

私は、北海道江別市内にある一番大きな総合病院内の病棟の一室にあるベッドの上に横たわっていた。

クリスマスを間近に控えたころだった。

私は、ゆっくりと上体を起こした。すると固有名詞があるのならば、何て言うのかわからないけれど、ベッドに渡されている横長のテーブルの上に書き置きがあった。

『柴山愛菜《しばやまあいな》様　お目覚めになりましたら、ナースコールのボタンを押してください』

単調だが、とても丁寧に書かれた字が並んでいる。その書き置きの傍らに添えられている、コードでつながれたボタンをポチッと押した。数分してから、私とさほど歳が変わらない、二十代後半くらいの女性の看護師が、病室に入ってきた。

「柴山さーん、お目覚めになられたんですねー。バイタルを測りたいと思いまーす」

言葉づかいのだらしなさが嫌に気になった。しかしバイタルを測るための器具の取扱いは、手慣れたものだ。ほんの数分でバイタルを測り終わる。

「この分ならー、正常の範囲内だと思いますけどー、万が一ってこともありますのでー、きっと担当医の先生はー、『数日間の入院が必要かな？』って言うと思いますよー」

満面の笑顔で、看護師は言った。言葉づかいのだらしなさは相変わらずだが、笑顔はとてもチャーミングで可愛らしい。きっとこの笑顔で、何人もの男たちをイチコロにしてきたのだろう。そんなことを考えていた。

「昨日は大変でしたねー、あんな真夜中の猛吹雪の中を一人で運転して、車がエンストするなんてー」

――真夜中の猛吹雪？　車がエンスト？

次から次へと言い放たれる災難のワードが、私の頭の中を駆け巡った。

――昨日私の身に、何があったのだろう……？

――何で私は、こんなところにいるのだろう……？

昨日起こった出来事が、一気に膨れ上がる。ぐちゃぐちゃになっていた出来事の数々を頭の中で羅列させた。

確か昨日、私は真夜中の猛吹雪と化した人気のない山道を一人で運転していた。すると自家用車のメタリックピンクの軽が、急にエンストして立往生してしまった。そしてそのまま車中で、意識を失ってしまったのだ。そしていつの間にか私は、この病院のベッドの上に横たわっていた……。

私としたことが、痛恨の大失態だ。

そういえば薄ぼんやりとしている意識の中で、医師やら看護師やらが慌ただしく動き回っていた。

「緊急の患者を搬入するぞー」

「患者の身元はわかるか？」

「財布の中に入っている社員証から、柴山愛菜さん。静英学園《せいえいがくえん》大学の大学職員です」

「体温が、三十度一分。重度の低体温症に陥っています」

「君、入院患者用の部屋の空きはあるか？」

「はい。四〇八号室に空きがあるので、確保しました」

そんな会話のやり取りをしていたことを、かすかに覚えている。

正に総動員フル稼働って感じだ。

ストレッチャー、ってやつだろうか？　担架の形状になっていて、その下にキャスターのような小さなタイヤが付いていて、患者を運ぶことができるやつ。

私は、それに乗せられて運ばれていた。

どうやらここは病院らしいというのは、何となく理解できた。

「お姉さん、もう少しの辛抱だから、頑張ってくれよ！」

誰かが私を励ます声が、おぼろげに聞こえてきた。

助かったのかな？　って、何となく思ったけれど、そんなことはどうでもよかった。するとまた意識がすっと遠のいてしまった。そしてその間に、このベッドの上に横たわっていたのだ。

「自分でもビックリしました。だって日中は、あんなに晴れていたのに、急に雲行きが怪しくなっていくんですもの……」

昨日のことを振り返ると、とても情けない気持ちになった。私の車をいち早く発見してくれて、救急車に通報してくれた第一発見者、そしてこの病院で勤務している人たちにも、多大な迷惑をかけてしまったのだから。

「もうそろそろでー、朝食の準備ができますからー、もう少しだけお待ちになってくださいねー」

チャーミングで可愛らしい、満面の笑顔を再度浮かべた看護師は、足早に病室から出ていった。

「お姉さん、昨日は大変だったわねぇ」

バイタルを測り終わった看護師が、足早に病室から出ていってすぐのこと。

相部屋になっている病室の、斜向かいに位置するベッドに座している、五十代半ばくらいの女性の入院患者に話しかけられた。私は、きょとんとしてそちらを見た。

「病院じゅう、てんやわんやだったのよ。山道に停まっている車中から気を失った女の子が発見されたからこれから担ぎこまれるとか、かなり体温が低い状態だとか、あまりにも騒々しくて、昨日は一睡もできなかったわよぉ」

彼女の白目がやや充血しているだろうか。私は、とても申し訳ない気持ちになった。

「それは色々とお騒がせしてしまったようで……」

「いいのよ。どうせ一人で寂しかったから。話し相手ができて、いい暇つぶしになるわ」

女性患者は、自分の顔の前で手をひらひらさせながら、にこやかな表情をしていた。

「お姉さん、耳にイヤリングをしているの？」

——えっ？　耳にイヤリング？

私は、そっと両方の耳たぶに触れた。確かに先程から、耳たぶにかすかな重みがあるという違和感はあった。

「今ね、お姉さんがつけていたイヤリングがキラッと光ったのよ」

両耳からイヤリングを外して眺めてみる。

エメラルドのイヤリング。私がうまれた五月の誕生石のエメラルドが取りつけられた翡翠色のイヤリングが二つ、手元でキラキラと輝いていた。

「私……、イヤリングなんてしてたかなぁ……？」

不思議そうにイヤリングを眺めていると、女性患者はゲラゲラと笑っていた。

「あらあら、変な子だねぇ」

すると先程バイタルを測りに来た看護師が、朝食を持ってきた。元気のよい大きな声で、朝食のメニューを発表する。

「はーい、失礼しまーす！　朝食をお持ちしましたー！　今日は、甘く味付けした玉子焼きと焼き鮭、ブロッコリーとベーコンのサラダでーす！」

昨日の昼から何も口にしていなかったので、空腹だった。ほかほかに温められたごはんと豆腐とねぎが入っているみそ汁、玉子焼きも、鮭も、サラダも、とても美味しそうだった。

「ごゆっくりお召し上がりくださいねー」

看護師は、上機嫌な口調で言った。


その日の夜。

コバルトブルーの夜空に、満月が存在感を示すようにキラキラと光り輝いていた。

私は、夜空に浮かぶ満月を窓越しに見上げている。

私は、考え事をしている時や特別なことが起こった時、そして物思いに耽《ふけ》っている時は、いつもこうして夜空の満月を見上げていた。

午後一番の内科の診察室でのこと。

『血圧も脈拍も採血検査も、特に異常な数値はなかった。病院に担がれてきた時こそ、重度の低体温症のような症状が出ていたけれど、今は体温も正常な数値で安定しているから、多分大丈夫だと思う。でも万が一ってこともあるから、数日間の入院が必要かな？』

担当医は、朗らかな笑顔で話していた。

バイタルを測ってくれた看護師の言った通りだった。担当医の発言したことが、ピタリと的中している。もしかしたら長年仕事を一緒に続けてきた仲なので、担当医がどのような考えを持っていて、どのような性格の人物なのか、わかっていたのかもしれない。

窓際の女性患者のベッドの中は、空っぽだった。

それもあって、病室はしんと静寂に包まれていた。私は、自ら窓際に設置したパイプ椅子に座って、夜空を見上げていた。

すると静かに光っていた満月が、強い光を発した。まるで月に命が宿されたようだった。

周囲で輝いていた無数の星たちも、強い光を発した満月と一緒に右往左往しては月のそばを駆けまわっている。

ワルツなのか？　タンゴなのか？

一体どんなダンスをしているのかは、全然わからない。しかし満月と無数の星たちが面白そうに踊っていた。

「こんな夜遅くに一人で天体観測かしら？」

はっとして振り返ると、さっきまで空っぽになっていたベッドの主である女性患者が、戻ってきた。

「い、いえ……。特別な出来事があった日には、いつもこうして夜空を見上げるのが好きなんです……。『綺麗だな』って……。単なる自己満足ですけどね……」

「ロマンチックな趣味ねぇ」

「い、いえ……。そんなことないです……」

すると彼女は、自分のベッドの横にある戸棚の上から何かを持ってきた。

「ねぇ、お酒飲まない？」

彼女が持ってきたのは、赤ワインだった。透明なボトルの中に、赤褐色のワインが入っている。そしてパイプ椅子をもう一脚、私の隣に置くと躊躇《ちゅうちょ》なくそこに座った。

「あなたが午後の診察に行っている間に、私の知り合いがこっそり持ってきてくれてね。大腸がんにかかっている病人が、お酒なんて生意気なんだけれど、私ももう長くないし。どうせならそう長くない人生、好きなもの食べて、好きなことやって、生活しようって決めたのよ。近くのコンビニで買ってきてくれた安物だけど、よかったら一緒に飲みましょう」

彼女は、一緒に持ってきたアクリル製のコップ二つに赤ワインを注いだ。

「乾杯」

二つのコップが重なる、コツンという乾いた音が短く鳴った。

赤ワインを味わって飲んでいる女性患者を見ていると、幸せそうな表情をしていた。私も一口飲んだ。甘味と渋味のバランスがとてもよい、後味がさっぱりとした美味しい赤ワインだった。

するとさっきまで強い光を放っていた満月が、微弱な光に変化した。何かしら心配そうにこちらを見ているようだった。

ところで私は、どうして病院に担ぎこまれるようなことになったんだっけ？

ふとそんなことを考えていた。

優しい光が包んでいる満月のもとで、昨晩から今朝にかけて起こったことをゆっくりと思い出していた。

静英学園大学を卒業してから、すぐに母校の大学職員に就いて、四年目のクリスマスを間近に控えたころだった。それは、クリスマスまでちょうど一週間、という日のことだった。

週末の土日にかけて、遠方での研修のために出張に出ていた帰り道。日曜日の深夜のこと。

私は、真夜中の猛吹雪と化した人気のない山道を一人で運転していた。

日中はあれだけ晴れていたのに、急に雲行きが怪しくなってただただ驚いた。

丸二日間の研修で、身体的にも精神的にも完全に疲弊しているはずなのに、極度の緊張で眠気すら襲ってこない。恐怖と不安が私の身体じゅうを支配していた。

自らの存在を示すためのヘッドライトを灯している車が一台くらい、この近場を通っていてもいいはずだ。しかし誰もいない。何の気配もない。無意識のうちに肩が竦《すく》んだ。

ふと私は、ある人物のことを思い起こしていた。

相馬《そうま》龍太郎《りゅうたろう》。私の幼なじみだった、彼のことを。

龍太郎とは、幼稚園、小学校、中学校、高校とずっと同じところへ通っていた。母親同士が同級生だったこともあり、家族ぐるみの付き合いでもあった。

私は、龍太郎の姿を頭に浮かべた。

ツンツンと跳ねた黒い短髪、浅黒い地肌、勉強もスポーツもいつもトップクラスだった。言葉づかいも、他人に対する接し方も、とても丁寧なところがある。温厚で親切なうえに、横暴な面はこれっぽっちもなかったので、クラスメイトはおろか、同学年の人たち全員に人気があった。

そんな龍太郎が、八年前のちょうど今ごろ、不慮の事故で命を落とした。

きっとあの時も今と同じようなシチュエーションだったから、ふと彼のことを思い出したのかもしれない。

高校の下校途中のこと。猛吹雪と化した国道の真ん中で、勢いよく走ってきたスポーツカーにはねられた。それも私の目の前で。一瞬の出来事だった。

高校を卒業した後も、同じ静英学園大学に入学する予定だったのに、それも全て台無しになってしまった。

龍太郎と私の間には、たくさんの想い出があった。

小さいころは、互いの自宅の近所にある『桜町公園』で泥んこになるまで遊んでから龍太郎の自宅に帰り、龍太郎の母親に怒られた。その後、彼の自宅で一緒にお風呂に入ったこともあった。

高校生になると、サッカー部に所属していた彼の時間さえ合えば、桜町公園で一緒にサッカーして遊んだり、高校の近くにある喫茶店で一緒にお茶したり、その喫茶店で一緒にアルバイトをしたり、お花見や夏祭りも一緒に行って共に時間を過ごした。

特に一番印象に残っているのが、龍太郎と一緒に過ごすのは最後となった、私の誕生日。

私がうまれた五月の誕生石でもある、エメラルドが取りつけられたイヤリングをプレゼントしてくれたことだった。

彼が死んでからというもの、エメラルドのイヤリングを肌身離さず大切に持っていた。それを身につけることで、彼がいつも私の近くにいるように思えたし、彼がいつも見守ってくれているように思えたし、彼との時間をいつも共有できているように思えた。

しかし数年前。私の不注意で失くしてしまった。つまり、今はもう私の手元にないのだ。一番大切なものを失ってしまったような、虚脱感や喪失感に陥っていたことを今でもはっきりと覚えている。

兎にも角にも、彼が死ぬまでの十八年間、ずっと「一番仲の良かった親友」だった。しかし彼は、もうこの世にはいない。

そんな考え事をしながら、真夜中の猛吹雪と化した山道を私のメタリックピンクの軽で走っていた。

ブスン。

私の車が、急に機嫌を損ねてしまったのか、がくんがくんという不穏な動作を繰り返した後、徐々にスピードが弱まり、エンストしてしまった。

何かしらのトラブルを起こしてしまったみたいだった。

目の前に広がる光景を、フロントガラス越しに眺めていた。

延々と変わることのない横殴りに降る雪が、途方もなく続いていた。

こんな真夜中の猛吹雪の中で、周囲に車一台として走っていない。そんな状況下で、私の車が、エンストしてしまった。どんなに悪あがきをしたって、絶対に助かるはずがない。完全なる危機的状況に追いこまれてしまった。

私の頭の中に、「絶望」という二文字の言葉が浮かんできた。

私は、もうすぐ死ぬのだ……。龍太郎と同じところに行けるのだ……。

私は、運転席のリクライニングを目いっぱい倒して、夜空を見上げていた。

少しだけ空白の時間が流れる。

夜空を見上げても、星が一つも瞬いていない。月の光さえも、私の視界に届かない。身の毛がよだつほどの真っ暗闇。まるでブラックホールのような黒い物体が、差し迫っているように思えた。本当に不気味だった。しかし今更何をどう抵抗しても、無駄だと思った。

今まで張り詰めていた緊張の糸が切れて、急に睡魔に襲われた。今ここで眠ってしまえば、死んでしまうことはわかっている。しかし我慢の限界だった。徐々に意識が薄れていった。

それからのことは、もう何も覚えていない。

私は、ブラックホールのような黒い物体の中に吸いこまれていた。きっとあの夜空の中を彷徨《さまよ》っているのだろう。

私の身体が、ふわふわと空中遊泳をしている。まるでコントロールが利かない。私の身体のはずなのに、私の身体じゃないみたいだ。

「死ぬ」って、こんなにも残酷なものなのかな？　そんなことを考えていた。きっと龍太郎も、私と同様にこうして死の世界を彷徨っていたのかもしれない。

死ぬってこういうことなんだなって思った。

心と身体が、空中分解しそうだった。

色々なことを考え過ぎて、馬鹿馬鹿しくなってしまった。

端的に言えば、私はもう死ぬのだ。

怖いものなんて何もない。

ただ龍太郎と一緒の世界へ行ける。

ただそれだけで幸せだった。

春〜再会

クリーム色と黄色が混ざったような太陽が、春の陽射しを燦爛《さんらん》と降り注いでいた。

だだっ広い草原の中に、二、三歩も歩けば頂上に辿りつけるくらいの小さな山が、こちら側と向こう側に二つある。そして片方の小さな山の頂上に桜の木が植わってある。私は、その桜の木の下で居眠りをしていたようだ。

どうやら天国へ来たみたいだった。

しかし私は確かに、この場所に見覚えがあった。

私の地元の北見市にある、自宅近くの『桜町公園』だった。

桜町公園の敷地内には、緑色の芝生が隙間なく植わっている。公園の入口から向かって縦長に広がる敷地内には、ブランコや滑り台、砂場、雲梯《うんてい》、ジャングルジムなど、定番の遊具が点在している。サッカーコートで例えるならば、センターラインから分けて自陣と敵陣の中央付近に小さな山が一つずつ、計二つある。桜町公園の入口から見て、手前側の山だけに立派な桜の木が植えてあって、奥側は何も植えられていない。つまり「小さな山」だ。そして桜町公園の手前側にある小さな山に植わっている桜の木の下が、いつも私が、桜町公園に来た時に占拠する「定位置」で、その「定位置」

で私は、すやすやと眠っていたということだ。

柔らかい緑がほのかに香るそよ風が、私の肩まで届くか届かないかくらいの黒い髪を優しく撫でた。

天国にいるのか？　夢を見ているのか？

一瞬、訳がわからなくなった。私の頭の中が混乱している。

私は、一度冷静になって今目の前に広がる光景を頭の中で整理した。しかし一体、今自分がどこにいるのか、未だに理解できなくて、再度混乱してしまう。

私は、ブラックホールのような黒い物体に吸いこまれた。死んだはずだ。そして天国に来たはずだ。「天国」というところは、こうした見覚えのある場所なのだろうか。しかし夢の中にいるようでもあった。やはり何が何なのか、全くわからなかった。

すると遠くの方で、見覚えのある男の子の後ろ姿があった。ツンツンと跳ねた黒い短髪、浅黒い地肌、スマートな立ち居振る舞いと、筋骨隆々な体格の、見覚えのある男の子。

龍太郎だ。龍太郎が、一人でサッカーボールを蹴って遊んでいた。

「龍太郎」

私は、彼の名前を呼んだ。彼は、自分の名前を呼ばれたことに気付いたらしい。優しい笑顔で、こちらを振り返る。

「よぉ、愛菜」

龍太郎の声を、久しぶりに聞いた。力強くて野性味のある、それでいて耳にすっと入ってくる軽やかな声。昔から慣れ親しんだ光景のはずなのに、何故か遠い記憶の中にいるような気がした。

「ようやく起きたか……」

サッカーボールで遊んでいた龍太郎は、ゆっくりと私の元へ近寄ってきた。

「せっかくの日曜日なのにさぁ、また一緒にサッカーでもしようと思って、愛菜を誘ったんだよ。これからサッカーを始めようとしたところで、マヌケな顔して眠ってんだよ。驚いたけど、気持ちよさそうに寝てたから、そのままにしといた」

龍太郎の顔を改めて間近で見た。髪も、目も、鼻も、口も、耳も、手も、足も、全てが龍太郎そのものだった。

「何だよ、俺の顔に何か変なものでも付いてるのか？」

私が、鳩が豆鉄砲を食ったような顔でもしていたのかもしれない。龍太郎は、怪訝《けげん》そうな顔をした。

「い、いや……。何でもないの……」

不思議な心地だった。しかし何とか平然とした表情を取り繕って、私は言った。

「ふーん、まぁいいか……」

彼は、何かしら諦めを含んだような言い方をしていた。

「一緒にサッカーでもやろうか」

私は、よく彼に付き合わされて、サッカーボールを一緒に蹴って遊んでいた。小さいころからお転婆なところもあったので、一般的に男の子が好んでやりそうな遊びでも、構わず遊ぶような一面もあった。

龍太郎は、足元にあったサッカーボールをこちらに向かって蹴ってきた。私は、そのボールを器用にトラップする。

私は、自分自身でも意味不明だと思えるような質問が、不意に口をついて出てしまった。

「あなたは、本当に龍太郎なの？」

「はぁ？」

龍太郎は、ますます怪訝そうな顔でこちらを見ている。

私は、龍太郎が今日の前にはっきりと存在していることが不思議で仕方がなかった。

龍太郎は龍太郎のはずなのに、今目の前に広がっている光景が不思議で信じられなかった。

「何言ってんの？　ちっちゃいころから、ずっと一緒に遊んできた幼なじみ同士でしょ。それとも何かのはずみで、記憶喪失でも起こしたの？」

「う、ううん……。ゴメンね……、何か急に変なこと聞いて……」

私は、足元に転がっていたサッカーボールを龍太郎に蹴り返した。

「龍太郎、もう一つだけ変なこと聞いてもいい？」

「ん？」

日常生活では絶対に聞かないような、全く不自然なことを龍太郎に聞いていた。

「一体、ここはどこなの？　一体、私はここで何をしているの？」

「はぁ？」

彼は、更に怪訝そうな顔をしている。きっと彼の頭の中には、疑問符という疑問符が幾つも駆け巡っているのだろう。

「ゴメンね……、何か変なこと聞いちゃって……」

龍太郎は、少し考えこむような仕草をした。そして少しの間があってから答えた。

「どこ、って言われても、『現実』だし……。何をしている、って言われても、『サッカーをしている』だしなぁ……」

私の粗末な質問を真剣に考えてくれた龍太郎は、再度サッカーボールを私の方に蹴り返す。

「それにしてもさぁ、とてもいい天気だよねぇ」

春の陽射しに目を細めながら、龍太郎は呟いた。

「そうだね」

キラキラと光る夕日が、少しずつ山峡《やまかい》の向こう側に身を潜めようとするころだった。

「龍太郎ー、愛菜ー、ウチへいらっしゃーい！」

龍太郎が住んでいるマンションのバルコニーから、龍太郎の母親が声をかけてきた。

桜町公園で遊んだ後には、龍太郎が住んでいるマンションに寄り道することがルーティーンの一つだった。小さいころから、高校生になった今でも。ずっとそうだ。

「今行くからー」

龍太郎は、大きな声を出していた。


サッカーボールを小脇に抱えた龍太郎の一歩後ろをとことことついて歩く。

龍太郎が住んでいるマンションの背中側、つまりバルコニーに面しているところから桜町公園の敷地全体を眺めることができる。つまりこのマンションに住んでいる人たちは、バルコニーから龍太郎と私のような桜町公園にいる人との連絡ツールの一つとして、会話のやり取りをすることができるということだ。

龍太郎は、マンションのオートロックを解錠してから、エントランスへと続く二重の自動ドアを通過した。龍太郎の住居がある四階までは、エレベーターを使う。エレベーターの中のガラス張りになっている窓から外を見ると、山々が幾つも連なり、住宅がびっしりと並んでいる、北見市の全景を眺めることができる。橙色の夕日もすっぽりと山峡に身を潜めたところだった。

龍太郎が玄関のドアを開けて、一緒に中に入る。

玄関から右側へ向かうと廊下がある。その廊下から居間へと続くドアを開ける。居間の中央に置かれている横長のソファに腰を下ろした。

「ただいま」

「お邪魔します」

龍太郎と私は、時間差で違う台詞を言った。

「おかえりなさい。二人でサッカーをしてたの？」

龍太郎の母親は、満面の笑顔で、私を出迎えてくれた。

「今日は、暑かったでしょう？　札幌で単身赴任中の龍太郎のお父さんがね、札幌で爆発的にヒットしてるっていう巷《ちまた》で話題沸騰のお菓子屋さんのクッキーを送ってくれたから食べて。それからね、ついさっき愛菜のお母さんから『今日は帰りが遅くなるから、ここで食べさせてもらって』ってメールが来てたから、夕食はここで食べていってね」

龍太郎の母親は、丈夫な紙の箱に詰められているクッキーと、コップに入れられた麦茶を二つ載せたお盆を居間に持ってきた。

私は、先になみなみ注がれていた麦茶を一気に飲み干した。龍太郎に散々サッカーボール遊びを付き合わされたこともあって、喉がからからに渇いていた。すると渇いていた喉も潤った。

「ふー、生き返ったー」

私は、満足げに呟いていた。

プレーン味、桜味、抹茶味、中にはみそ味のような和の素材を使ったものから、キャラメル味、カスタードクリーム味、ピスタチオ味などの洋の素材を使ったものまで。バリエーションに富んだクッキーがたくさん入っていた。

「このクッキー、普通のやつよりもしっとりしてる」

クッキー本来のサクサクした食感はそこまでなく、「濡れおかき」のようなしっとり感が歯ざわりに心地よさを与えている。

「みそ味は、大外れだなぁ」

龍太郎は、みそ味のクッキーを一口齧《かじ》っていた。かなり渋い表情を浮かべている。

ふと、龍太郎の自宅に入ることも久しぶりだなぁ、と思った。

私は、龍太郎の自宅の壁に掛けられているカレンダーを見た。

四月最後の日曜日。ゴールデンウィークまで間近に迫った日だった。時計は、午後六時近くになっている。

龍太郎が、先程桜町公園で「せっかくの日曜日なのに」と言っていた。ようやく私は、今現在置かれている状況が何となく理解できたような気がした。

居間の中央には、漆黒のローテーブルに灰色の横長ソファ。ほどほどに離れた距離にある大型の液晶テレビ。戸棚の上の数種類の熱帯魚が入っている水槽。バルコニーにあるプランターに植えられているハーブ類の数々。そして隣のふすまの奥にある小さな和室。何もかもが変わっていない。やはり不思議で仕方がなかった。

「おいおい、人の家でキョロキョロするなよ……」

龍太郎が、やはり怪訝そうにしている。

「ううん、違うの……。何でもないの……」

やはり不思議な心地だった。

「愛菜も今更どうしたのよ？　もしそんなに気になることがあるなら、ウチを見物するといいわ。特に怪しいものとか変わったものは何も出てこないわよ」

龍太郎の母親は、くすくすと笑っていた。

「晩ごはんの支度ができるまで、ゆっくりしてて」

龍太郎は、居間のテレビのリモコンの電源ボタンを押した。

私は、次にピスタチオ味のクッキーを齧っていた。

少し辛めのカレーライス。辛味が前面に主張し過ぎないように、隠し味にヨーグルトが少しだけ入っている。辛さプラス多少のマイルドさが特徴のカレーライスが、龍太郎の自宅で出された今日の夕食だった。福神漬けとらっきょうも、もしも出番があった時のためにスタンバイされている。

それをダイニングにある食卓テーブルで、三人囲んで一緒に食事をしていた。

時計は、午後七時を過ぎたころだった。

「こうやって龍太郎の家で、ご馳走になるのも久しぶりだなぁ……」

私は、ふとそんなことを口走っていた。

龍太郎の自宅で、食事を一緒に囲むことも久しぶりだった。長らくなかった出来事を懐かしむように、つい口をついて出てしまったのかもしれない。真正面の席に座っていた龍太郎は、またもや怪訝な顔をしてこちらを眺めていた。

「割と最近も、ここで一緒にメシ食ったじゃん」

私は、今自分が口走ったことを悔いるように、俯《うつむ》き加減にカレーライスを頬張る。

「やっぱり愛菜、記憶がどうかしてるんじゃないの？」

「大丈夫だよ……。本当に、気にしないで……」

龍太郎の母親が、私たちの会話を横で盗み聞きしながら、笑いをこらえている。

「うーん……、そうかなぁ……」

「そんなことはどうでもいいじゃん」

私は、話を無理矢理終わらせた。

私は、恥ずかしい気持ちになりながら、またカレーライスを頬張っていた。


夕食を食べ終わって、少しゆっくりしてから、龍太郎が住むマンションを出た。

時計は、午後八時前を示していた。

「女子高生の夜道の一人歩きは物騒だから」という理由で、龍太郎が私の自宅まで見送りしてくれた。私の自宅は、割と目と鼻の先にあるのにもかかわらずだ。

「ねぇ、愛菜」

「ん？　どうした？」

「今日の愛菜、何かすごい変だよ？」

「えっ？」

私は、ドキッとした。何の前置きもなく、そう口走った龍太郎の方を見て、動揺を隠せないでいた。

「そ、そんなことないよ……」

私は、平常心を取り繕って答えた。しかし心の中の動揺は、未だに隠せないままだ。

「昼に、桜町公園でサッカーしてた時からかな？　妙に挙動不審というか。意味もなく俺の顔を見てくるし、変な質問ばっかするし、おかしな言動だってするし、いつもの愛菜じゃないところがたくさんあった」

「そ、そんなことないから……」

桜町公園の敷地内の脇に等間隔で街灯が照らされている夜道を、一定の間隔で横並びになって歩く。日中はあれだけ綺麗に咲き誇っていた桜も、夜になると、途端に影を潜めていた。

「あまり気にしないでよ……。本当に大丈夫だから……」

「そうかなぁ……。妙に愛菜が、遥か遠い世界から来た人っていうか、愛菜の姿をした別人っていうか、そんな感じがするんだよなぁ……」

龍太郎の勘の鋭さに、再度ドキッとした。確かに私自身、「現実」を離れて、「異空間」とも呼ぶべき場所にタイムスリップしているのかもしれない。しかし私は私なのだ。特に変装しているわけでもなければ、仮装しているわけでもない。ただ単に記憶がごちゃごちゃになって、混乱しているだけなのだ。

「まぁ……、今日は多少疲れてるのかな……。日中、桜町公園に行った時も、桜の木の下で寝てたくらいだしさ……」

龍太郎がそう言っている間に、私の自宅に着いた。龍太郎が住むマンションから歩いて五分とかからない。本当に、互いの自宅は目と鼻の先にあるのだ。

「じゃあ、今日はゆっくり休んで」

「送ってくれてありがと……」

「また明日」

「うん……」

龍太郎は、自宅の方へゆっくりと歩いていく。

ふと上空を見上げると、コバルトブルーの夜空に満月が光り輝いていた。


居間にある壁掛け時計を見ると、既に午後八時を過ぎていた。

しかし居間も、居間以外の部屋も、どこも電気が点いていない。つまりまだ母親は、帰宅していないということになる。

私が中学生の時に両親が離婚しているので、それからは母親と二人暮らしだった。

それにしても誰かが帰ってきている気配は、全くのゼロだった。

シャワーだけ軽く済ませてから、二階の自室へ向かった。

窓際に置いてあるベッドからは、コバルトブルーの夜空が見える。そして大きな満月の月灯りが、この日もより一層存在感を示すように照らしていた。

今日は、特別な出来事がたくさんあった一日だった。

龍太郎と再会できたことや、龍太郎とサッカーをして遊んだこと、龍太郎の自宅に入ったこと、龍太郎と夕食を食べたこと、何もかもが不思議な出来事の連続だった。

今日はずっと「不思議」って言葉を繰り返し多用しているなって思った。でも事実だった。こんなにも色々な出来事を振り返って、頭を使ったことはないっていうくらいに疲れた。

私は、再度今日一日の出来事を一つずつ振り返ってみた。そして一つ一つ考えていくうちに、ふと気付く。

今日過ごした一日は、私が高校三年生のころにあったことと全く似ている。きっと私は、八年前に龍太郎と共に過ごした過去を回想している夢を見ているのだ。「天国」に来たわけではない。「天国」は、もっと神秘的で、神様のような偉い人がいるような場所だ。「天国」が、こんなありきたりで、自分が小さいころから住み慣れた場所なわけがない。そんな確信を得たような気がした。

月が光り輝いていた。星たちもキラキラと瞬いていた。

私は、今夢を見ているに違いない。

しかしいつかこの夢が覚めてしまったら、龍太郎には会えなくなってしまう。急にそんな不安が全身を駆け巡った。どうか龍太郎と一緒に過ごす日々を、一日でも長く共有したい。そんなことを月に願った。

それから数時間が経過した。

ふと自室の時計を見ると、もうそろそろ日付が変わるころになっていた。

私は、電気を消して、ベッドに潜りこんだ。

また明日から新しい一週間が始まる。

私は、コバルトブルーの夜空に祈るように目を閉じた。それに応えてくれるかのように、満月が光り輝いていた。


翌朝の月曜日になった。私は、昨日コバルトブルーの夜空を見た窓際のベッドの上、つまり、夢の中で目を覚ました。

龍太郎と一緒に過ごす日々を、一日でも長く共有したいと望んで眠りについた私の願いは、叶ったことになる。

龍太郎と私が通う北見《きたみ》翔陽《しょうよう》高校へ登校する通り道に桜町公園がある。公園の入口で、龍太郎と待ち合わせてから一緒に登校することも毎日のルーティーンの一つだった。

私が、いつも通りに桜町公園に着いた時には、龍太郎は既に到着していた。

「おはよう」

龍太郎は、学校指定のかばんの持ち手の部分を脇に挟んでいた。

「今日は、目がパッチリひらいてるし、元気そうじゃない？」

にっこりと笑った龍太郎の口元から、白い歯がこぼれていた。

「そんなこといちいち気にしなくていいよ。遅刻しちゃうから、早く学校に行こう」

龍太郎と私は、ある一定の距離を保ったまま、横並びになって登校した。

龍太郎と私は、クラスメイトなので、高校に到着すると、二人同時に同じ教室に入ることになる。

高校から知り合った同級生たちは、龍太郎と私が家族ぐるみで付き合っている幼なじみということは周知しているので、過度に冷やかしてきたりとか、変に茶化してくるような言動をする生徒たちはほとんどいない。しかし中には、私たち二人の関係を面白くないように思っている生徒もいるのだ。

それが野木春香《のぎはるか》だった。

春香は龍太郎に好意を寄せているらしく、龍太郎と私がいつも一緒にいて、仲睦まじくしている様子が気に食わなかったらしい。そしてこの春、クラス替えがあったのを契機に、私に対する嫌がらせが始まったのである。

横分けのさらさらストレートロングへアーから覗かせる切れ長の両目は、見つめられるだけで充分な殺傷能力があった。まるで見ただけで相手を石にしてしまう、メデューサみたいだ。

高慢で、高飛車で、自分の都合がいいように理不尽な言葉を並べるうえに、強情で、融通が利かないところがある。自分を中心に世界が回っているという自分勝手でわがままなところがあることも起因して、基本的には、クラスメイト全員から敬遠されていた。

そして彼女の右手には、いつもミルクチョコレートがあった。ハイミルクチョコレートでも、ビターチョコレートでもない。ホワイトでも、ルビーでもない。いつもミルクチョコレートだ。

そして春香に服従するような形で、いつも彼女のグループの一員として加わっていたのが吉井紗英《よしいさえ》と楠葉子《くすのきようこ》だった。二人は、クラス全体を見ても、比較的大人しい雰囲気の女子生徒で、いつも春香の言いなりになって一緒に行動していた。要は、春香が服従させるには好都合な存在なのだ。

そして朝一番で私が登校してくるなり、私の机の前にやってきた春香からの第一声が発せられる。

「おい、そこのヤリマン女ぁッ！　なんであんたいつも相馬くんとつるんでんだよッ！」

人殺しでもしそうな形相で私を睨んでいた。私は、喧嘩だったり、争い事を起こしたりすることがあまり好きではない。その相手が、クラスメイトや他のクラスの同級生なら尚更だ。だから彼女の方を見ずに、黙って俯いていると、彼女が更に荒っぽい言葉をマシンガンのように発動させる。

「おいッ！　何とか言ったらどうなんだよッ！　このヤリマンッ！」

尚も黙ったままで、彼女の攻撃を器用にスルーしていた。

「ちょっと！　春香ちゃんが話しかけてるのに、黙ってるなんて失礼じゃないの？」

「そうよそうよ！」

紗英と葉子が、春香に加勢してきた。しかし彼女たちの言葉にも動じず器用にスルーする。

するとその様子を眺めていた男子生徒の一人が、仲裁に割って入った。岡中太一《おかなかたいち》だ。

「朝からそんなに喧嘩腰にならなくてもいいんじゃない？　クラス全体の空気が重苦しくなるじゃないのさ」

背が高く、ひょろっとした細身の体格、垂れ目で、愛嬌のあるところがセールスポイントだ。バスケットボール部のエースとして活躍している割には、体育会系のような一面は全くなく、それどころか素直で、優しいオーラをいつも漂わせている。彼が言葉を発すると、途端にその場の空気が和らぐから不思議だ。

「チッ……」

春香は、私に最大級の厭味をこめた舌打ちを一つした。

「後で落とし前つけてやるよッ！」

右手に持っているミルクチョコレートを一口齧りながら吐き捨てると、紗英や葉子と一緒に教室の外へ出ていった。

「柴山さん、大丈夫かい？」

太一は、猫なで声を出すように話した。彼の少し女の子っぽくて、猫なで声のような、甘えた声も彼の特徴の一つだった。

彼が私に好意を寄せているらしいというのは、うわさで誰かから聞いた。しかし彼は、他の同級生の女子にちょっかいを出しては、心変わりをしているらしく、「今は私の番」ということが、何となく伝わってきた情報だった。要は、「女癖が悪い男」の典型的なパターンだ。

「野木さんも、タチ悪いよねー。アイツ、相馬のことが好きみたいなんだけどさー。柴山さんと相馬がいつも仲良くしてるのが、ムカツクからって、あんな嫌がらせしなくてもいいのにさー」

彼の甘えるような話し方が、変におかしかった。

「大丈夫だよ。特に気にしてないから」

「まー、色々と心配事あったら、遠慮なく俺に相談してよ」

ちょっとなれなれしいところがある人だなーとは思ったが、想像よりかは悪い気はしない。その恩恵だけはありがたく受け取っておいた。

「そろそろ衣替えの時期になります。学校指定の白いYシャツが自宅にない生徒は、先生が発注書を持っているので、個別に取りに来てください」

　その日の帰りのホームルームで、私たちのクラスの担任の西村先生が、声高らかに言った。

　二十代前半で、丸顔の、少しだけウェーブがかかった黒くて長い髪をポニーテールでまとめている。童顔のせいで、中学生並みにあどけなさが残るが、芯の強さが取り柄の女性の先生だ。担当教科は、数学だった。

　楽しかったようで、何ら変わらない一日の授業を無難に終えた。

　龍太郎は、これから部活があるみたいだ。どこの部活にも所属していない私は、この後は完全にフリーだ。自宅に帰ってから、何をしようかとあれこれ考えていた時だった。

　ビシャッ！

　私の背中あたり。いや、左側の肩甲骨のあたりに何かが勢いよくぶつかってきた。

　私は、右手でぶつけられた箇所をそっと触ってみた。

　無色透明と黄色のネバネバした粘着性があるもの。そして固い殻のようなザラザラしたもの。

正体は、生卵だった。背後から、誰かが生卵をぶつけてきたようだった。投じてきたであろう方向を振り返る。

右手に持っているミルクチョコレートがトレードマークのクラスメイト。教室のほぼ中央にある私の席から見て、左斜めの二つ後ろが春香の席だった。

春香が、挑発的な目でこちらを睨んでいた。

「おい、そこのヤリマン女ぁッ！」

まるでナイフで胸を劈《つんざ》かれるようなとげとげしい台詞が浴びせられた。私は、春香の方をじろりと一瞥《いちべつ》すると、「フン」と鼻を一つ鳴らした。

「おいおい、何なんだよッ、その態度はッ！　筋違いなことしてんじゃねぇよッ！」

「『売り言葉に買い言葉』だよ。私は、本当はあまりこういうことって好きじゃないんだけど、そっちが喧嘩を売ってきたんでしょ？　それを私のせいにするなんて、それこそ野木さんが言うところの『筋違い』なんじゃない？」

私は、静かに呟いた。そして足早に教室の外に出た。

校庭に出ると、龍太郎が所属しているサッカー部の活発な声が、どこまでも広がる青空に響いていた。

春香に投げつけられた生卵は、紺色のブレザーのジャケットの上から当たっているので、そこまで汚れは目立っていないはずだ。帰ってから、軽く水洗いして、汚れを落として、週末にクリーニングにでも出そう。そんなことを考えながら、帰り道を辿っていた。

「柴山さーん」

校門から国道に出たタイミングで、突然背後から声をかけられた。

猫なで声にも似た、甘えた声。声の主は、太一だった。

「柴山さん、今から家に帰るの？　今日は、相馬と一緒じゃないんだね？　もしよかったらなんだけど、これから俺と一緒にお茶でもしない？　ほら、最近オープンした喫茶店。オープン記念の期間限定で使えるクーポン券持ってるんだ。奢ってあげるから、一緒に行こうよ」

下心丸出しの甘えた声で、彼は言った。

「まー、せっかくの岡中くんからのお誘いだから、ちょっと寄ってみようかな？　どうせこの後、何もやることなかったからさ」

先程春香に投げつけられた生卵の汚れを取りたかったので、「何もやることがない」というのは、全くのうそになる。しかも本当は、あまり乗り気ではなかった。しかし帰り際に、春香に食らった嫌がらせの鬱憤や、タダで美味しいお茶が飲めるという彼の誘い文句にも負けて、二つ返事で了承した。

「やったぁ！　これからいいこと起こりそうな予感がする！」

太一は、ハイテンションな様子で派手なガッツポーズをした。

私は、呆れたように上空を仰いでいた。雲一つない青空がどこまでも続いていた。

北見翔陽高校から、私の自宅方向ではなく反対側に歩いて、信号を二つ渡ってすぐの国道沿いにひっそりと佇んでいる喫茶店に入った。

パールホワイトとライムグリーンの二色で統一されている小洒落《こじゃれ》た店内。向かって左側には、大きなガラス窓が壁全面に張り巡らされている。

店内には、ウッドテイストのラウンドテーブルが程よく設置されている。正面には、昔ながらの喫茶店にありそうな、年代物の大きなスピーカーが存在感を示すように置かれている。そのスピーカーからは、クラシックギターやピアノ、ドラムパーカッションが奏でるボサノヴァが大音量で流れていた。

私と太一は、店内に入った。

「いらっしゃいませー」

三十代後半くらいと思われるマスターの声と、さほど歳が変わらないくらいの奥さんの声が二つ同時に重なって聞こえた。

私と太一は、適当に案内された席に腰を落ち着かせた。午後三時半、という時間帯も起因しているのか、私たちの他に店内にいるのは、ママ友と思われる若い女性の二人組と老夫婦くらいだった。

飲み物のオーダーを済ませると、開口一番、太一は私に質問をしてきた。

「柴山さんって、今彼氏とかいるの？」

単刀直入だなって思った。

当たり障りのない会話をしてから、話題を変えればいいのに、突拍子もなく聞いてくる。しかしそれが彼の特徴でもあった。

「……ううん、……いないよ」

私は、正直に答えた。

きっと単刀直入に質問してくるあたり、彼が私に幾つか聞きたい情報の中で、いち早く知りたいことなのだ。つまり周囲の誰かからうわさで聞いた彼の情報は、本当なのかもしれない。

「柴山さんが相馬といつも仲良くしてるからさぁ……。てっきり二人は、付き合ってるのかと思って……」

「決してそういうことはないよ。彼とは、単なる幼なじみだし。だからといって、今彼氏が欲しいとかそういうことはないから、早々にそんな話をされてもお断りだよ」

私が今話したことも、正直なところだった。

満面の笑顔でこの店の奥さんが、オーダーした飲み物を持ってきてくれた。

私は、アイスアーモンドキャラメルラテをストローで勢いよく吸い上げた。ナッツの香ばしさと牛乳の濃厚さとまろやかさが相まって胃の中にすとんと落ちて、身体じゅうに沁みていく。

「そっかぁ……。俺は、柴山さんのようなクールで冷静沈着な割に、チャーミングなところとか、めっちゃタイプだったからさぁ。いつかチャンスを窺ってお近付きになれれば、と思ってたんだけど、相馬といつも一緒にいるからなかなか話しかけられなかったんだよねー」

彼は、ブレンドコーヒーを飲んでいた。

「それにしても、雰囲気のいい店だねー」

「確かに」

太一が言った台詞には、私も思わず同意した。確かに雰囲気のいい店だ。年代物のスピーカーから流れるボサノヴァが、私たちを癒してくれた。

「ボサノヴァって、すごくいいね」

太一が、嬉しそうに言った。ボサノヴァという音楽のジャンルは、今まで聞いたことはなかったけれど、今初めてここで耳にして、何ていい音楽なんだろうって思った。

「私、ボサノヴァファンになりそう」

クラシックギターやピアノ、ドラムパーカッションが重なりあうこの手のジャンルの音楽は、この喫茶店の雰囲気をより一層落ち着いたものにしていた。正に喫茶店のために作られた音楽って感じだ。

するとと彼は、内緒話をするように、私の方に顔を近付けてきた。

「周囲のヤツらってさ、俺のことを女遊びが激しいとか、すぐに女を鞍替えするとか、変なうわさをしてるけど、俺は決してそんな男ではないよ。俺だって、一人の女性を愛したら、とことん一途なんだよ。お願いだから、俺のことをそんな目で見ないでほしい」

彼の話し方や態度は、確かに多少女々しいところはある。しかし彼に対する印象は、自分が想像しているよりは悪くはないということは何となく理解できた。

「もう一回だけ言うけど、龍太郎と私は、単なる幼なじみで特別な関係ではないからね。そこは勘違いしないでよ」

「じゃあもしかしたら、いずれチャンスはあるかもしれないってことだよね？」

「それはどうだろうね……」

私は、何となく言葉を濁した。

「それにしても野木さんだよな……」

ブレンドコーヒーをもう一度啜ってから、再度話を続ける。

「あれはヒドイよなぁ……。朝っぱらから喧嘩腰に話してきたり、帰り際には、生卵ぶつけてきただろう……。あんなの悪趣味だよ。意中の人をモノにしたかったら正々堂々とするべきだよ」

太一は、どこか上の空で話している。

するとパールホワイトのドアの上部に取り付けられているカウベルが、カラカラと素朴な音を鳴らした。

これがうわさをすれば影というものだろうか。春香たちのグループ三人が、ゆっくりと店内に入ってきた。

私と太一は、一瞬ぎょっとして彼女たちの様子を眺めた。しかし持ち前のクールさと冷静沈着ぶりで器用にスルーする。

一方の彼女たちは、私たちの存在を確認するなり、ひそひそ話をしては、小馬鹿にするような笑い方でこちらに厭味な視線を送ってきた。

「ったく……。最悪なタイミングで入ってくるよなぁ……」

太一は、呆れ口調で言った。

「あまり気にしないでおこうよ……」

私は、太一に冷静な口調で話した。

「ちなみに俺は、野木さんのような悪趣味な嫌がらせは相馬には絶対にしないよ。クラスじゅうの人気者のヤツにそんなことしたら、俺がクラスの連中全員に嫌われちゃうよ。仮に相馬がそうじゃなかったとしても、やらないしさ。それは約束するよ」

太一は、真っすぐな目をして呟いた。

「そうだ！　今日は、俺の奢りなんだからさぁ、何か追加でデザートでも食べようよ！何か食べたいものがあれば、遠慮なくオーダーしてよ」

彼は、店員である奥さんを大きな声で呼ぶと、追加でデザートの注文をしていた。


私と太一の自宅は、全く正反対の方向だ。

つまり彼は、高校から喫茶店に向かった道をそのまま真っすぐ向かう。そして私は、逆方向に戻って、学校の前を通り、自宅へ向かうことになる。

太一と別れてから、自宅への帰路を辿っていた。校門の前を通ると、サッカー用の真っ白な練習着を、芝生の緑や土の茶色で汚した姿の龍太郎と鉢合わせた。どうやらちょうど部活が終わった後の帰り道だったらしい。

「愛菜、何でこっちの方向から歩いてきたの？」

不思議そうな顔つきで、龍太郎は話した。

「うん……、実はちょっとね……、最近オープンした喫茶店があるじゃない……。そこで岡中くんと一緒にお茶してたの……」

「へぇー。愛菜って、ああいうのが好みだったんだ。何か意外というか、まるでタイプが違うというか。アイツって結構女遊びが激しいんでしょ？　愛菜が、そんなヤツを選ぶって感じしないけどなぁ」

「違うよ。私が家に帰ろうとしたら、彼に『一緒に行こう』って誘われたの。別に予定らしい予定はなかったし、いいかな？　って思ってさ……」

　橙色の夕日が、少しずつ傾き始めている。自分の携帯電話の時刻表示を見ると、既に午後五時を回っていた。

「しばらく部活忙しいの？」

「そうだね。高体連の地区予選も近いからさ……」

　龍太郎の顔が、傾きかけた橙色の夕日に染まっていた。

「まぁいいや。せっかくだから一緒に帰ろうよ」

　いつものように、ある一定の距離を保ったまま、龍太郎と私は一緒に帰路を辿った。


　翌日の火曜日になった。いつものように龍太郎と桜町公園で待ち合わせをしてから、一緒に登校すると、いつの間にか私と太一が付き合ってるといううわさがクラスじゅうに拡散していた。

　しかしそれは情報元のクラスメイトが、クラス全体であまり人気がない存在だし、彼女の言うことなら、信憑性のかけらもない。もう一人の「付き合ってる疑惑」が浮上している太一もきっぱりと否定したこともあり、そのうわさは、あっさりと忘れ去られてしまった。

しかし昨日の喫茶店で起こった顛末《てんまつ》を揶揄《やゆ》するかのように、案の定その日の朝のホームルームが終わった後で、春香たちのグループが私のことを罵《のの》ってきた。彼女の右手には、相棒のミルクチョコレートのおまけ付きだ。

「おい、ヤリマン女ぁッ！　あんたさぁ、岡中くんと付き合ってんでしょう？　隠したって無駄なんだからッ！　こっちにはちゃんと二人も証人がいるのよッ！」

彼女の目は、眼光鋭かった。私に追い討ちをかけるように言葉の攻撃を浴びせた。

「あっちにもこっちにも女を作るようなヤツとくっつきたがるなんて、物好きなこと。てか、あんたも相馬くんとか、岡中くんとか、あちこちに男を作ってるんだから、似た者同士と言えば似た者同士なのかもね。でも、今日も相馬くんと一緒に学校来るって一体どんな神経してんの？　岡中くんに愛想つかされちゃうよ？　てか、岡中くんっていう本命がいるのなら、相馬くんが可哀想だから、そろそろ解放してほしいんだけど？」

春香は、殺気を含んだ声色で詰め寄ってくる。

「まーまー、野木さん。柴山さんと俺は、別にそんな関係じゃないよ」

そこへ割って入ってきたのは、やはり太一だった。持ち前の猫なで声じみた甘えた声を出すと、教室じゅうの雰囲気が和やかになる。

「何よあんた、哀れなフリをしてる自分の彼女を救ってヒーローぶってるつもりなの？」

春香は、右手に持っていたミルクチョコレートを一口噛んだ。

「だからさ、柴山さんと俺はそんなんじゃないって言ってるじゃんさぁ」

太一は春香にはっきりと言った。春香の表情は、より一層険しさを増している。

「じゃあ何で、昨日一緒に喫茶店なんかにいたのよ？　絶対におかしいじゃないッ！普段学校では、全くかかわらないフリしておきながら、裏では付き合ってる。そう思うのが普通じゃないッ！」

先程よりもより一層殺気の含んだ言い方だった。

「春香ちゃんの言う通りだよ！　春香ちゃんが一番可哀想だと思う」

「そうよそうよ！」

紗英と葉子も、いつもと同じように加勢した。

「俺があの喫茶店に行きたかったから、彼女を誘っただけ。それ以上の深い意味はないよ」

彼女は、かなりの興奮状態だった。あまりにも感情が高ぶり過ぎて、顔が真っ赤になっている。

「もういい加減にしたら？」

「そうだよ。柴山さんも岡中くんもきっちり否定してるのに、無理矢理くっつけたがるって、それこそ二人の方が可哀想だよ。それに相馬くんだって……」

「そうだそうだ」

周囲にいたクラスメイト数人が小声で、春香たちのグループを批判するのがひそひそと聞こえてきた。

春香と彼女に追従する紗英、葉子の三人が周囲をきょろきょろしている。少しずつ疎外感を味わってるみたいだ。

「わかったわよッ！　全部私たちが悪いんでしょッ！」

ガラガラ。

すると西村先生が、前方のスライド式になっているドアから教室に入ってきた。

「はーい、皆さん。おはようございまーす！」

妙にしんとした空気に、西村先生は首を傾げた。

「あ、あれ……。み、みんな、何かあったのかな……？」

「いいえ、何でもありません」

テンポよく返事をした太一は、自分の席に戻っていった。春香たちもまた、太一と同じような行動を取った。

登校直後にちょっとしたトラブルに見舞われながらも、それ以外は何事もなく、帰りのホームルームも無事に終えた。その日も何とか無難に過ごした後の放課後のこと。トイレの中での出来事だった。結果的には、またもや「トラブル」に見舞われることになる。

教室から一番近くにあるトイレの一区画で用を足していた時だった。私にもちょっとした油断があったのかもしれない。

個室の外から、何やら怪しげなひそひそ話が聞こえてくる。

「さっき柴山さんが入ってたもんねー」

「ここに入ってるのが、そうでしょー?」

「あのヤリマン女の詰めの甘さだよねー」

紗英、葉子、そして最後に春香らしき声が、壁一枚隔てた向こう側から聞こえてくる。

私がトイレに入った時には、中には私以外の生徒は一人もいなかった。現に縦に三つ並んでいる個室は、扉が開いている状態で中には誰も入っていない。しかも次に入ってきたのは、明らかに個人ではなく数名のグループだということは、話し声と気配で感じることができた。

私は、これから何が起こるかというちょっとした恐怖で身震いした。

次の瞬間。

「いっ、せーのー、でッ！」

ジャバーッ！

個室の仕切り上部の空いた部分から、バケツ一杯の水が、私の頭部から全身にかけて直撃した。身体じゅうがびじょびしょに濡れた。

「アッハハー。馬鹿じゃないの、あのヤリマーン！」

私を見下すような捨て台詞が、トイレじゅうに響いていた。

びしょ濡れになった私は、惨めな姿のまま洗面所まで移動した。正面にある鏡には、自分のマヌケな姿が映っていた。


あれから数日後。同じ週の金曜日のことだった。

二時間目の数学の時間が終わった後の休み時間。私は、何故か西村先生から放課後に職員室へ来るように、と呼び出されていた。

「話があるから」

無論、先生に呼び出されるようなことをした覚えは全くない。

不思議そうに小首を傾げながら、放課後に職員室へ向かった。

職員室の中央付近の一番窓際のデスクに、こちら側を向いて座っている西村先生が、真面目な顔をして熱心に仕事をしていた。

「西村先生」

西村先生のデスクの近くまで歩いていき、大きな声で、そしてはっきりとした口調で先生の名前を呼んだ。西村先生は、ぎょっと驚くような顔をした。どうやら自分の仕事に没頭していたようで、近付いている私の存在すらも気付かないって感じだった。

「柴山さん、忙しいところごめんなさい」

西村先生は、デスクから立ち上がりながら頷いた。

一階の職員室から、同じ階の校舎の一番奥まった隅にある生徒相談室に通される。西村先生は、部屋の奥の一人掛けのソファに座り、向かい合うように手前側のソファに私を座るよう促した。

そして一回だけ深呼吸をして、少し考えこんでから、閉ざしていた口を重々しく開いた。

「深入りした話なんだけど……」

西村先生は、静かな口調で言った。

「あなた……、野木春香さんとの関係で、苦労したり、悩んだりしてるんじゃない？」

私の全身が、一気に凍り付いた。

「数日前くらいからのことかしら……。野木さんに何かを投げつけられたことがあったわよね。それとあなたがトイレからびしょ濡れになって出てくるところも目撃しちゃったの。あなたがトイレから出てくる前に、野木さん、吉井さん、楠さんの三人が出てくるのも目撃しちゃってね。これはきっと何かあるなって思って……」

西村先生の口ぶりが台詞を重ねるたびに重々しくなる。

「もし何かしら苦痛に感じていたり、嫌だったり、とにかく何かあったら遠慮なく私に相談してほしいの……」

口にしにくい言葉を、一気に走らせるように言いきった。

「こうして柴山さんと話す前にも、野木さんたちとも話したの……。でも『あんたには、カンケーねぇから』の一点張りで……」

彼女のことだ。きっと都合の悪いことは、さっさと煙に巻いてしまうことは、容易に想像できた。

「私は、生徒全員の味方です。柴山さんの味方でもあれば、野木さん、吉井さん、楠さんの味方でもあります。自分の生徒が、苦痛に感じたり、嫌だったり、とにかく色々と悩むことがあれば、相談に乗ってあげることがいち教員の役目でもあります」

真っすぐに私を見ながら、西村先生は強い調子で言った。

「わかりました」

私は、それに応えるようにはっきりとした口調で返した。それから西村先生に深く一礼をしてから、生徒相談室を後にした。

翌日の土曜日。ゴールデンウィーク初日のことだった。

例年の北海道と比べて、暑くもなく、寒くもなく、小さな雲が数個浮かんでいる程度で、淡い水色が空一面に広がる「春の日」だった。

以前から龍太郎に誘われていた、桜町公園でピクニックがてらお花見をしようということになった。

ピクニックに持参する弁当を作る担当は、私になった。

定番のいちごジャムや変わり種のキウイジャム、ピーナッツバターを挟んだサンドイッチ、昆布とかつお節のだしをしっかり効かせただし巻き玉子、はちみつと豆板醤が味の秘訣の甘辛味のしょうゆだれで作った鶏のから揚げ、塩とサラダ油で色鮮やかに茹でたブロッコリー、ごま油と白ごまの香ばしさが効いたきんぴらごぼうもラインナップに加えた。

大きめのバスケットに弁当箱を入れて、桜町公園に向かった。しかし龍太郎の姿は、どこにも見当たらなかった。どうやら先に着いてしまったようだ。

以前見た時の桜は、まだ七分咲きくらいだったのに、今は満開でとても綺麗に咲き誇っている。

無数の桜が、桜町公園の周辺に花びらを散らしている。まるで優雅なダンスをしているようだった。

私は、自らの「定位置」に弁当箱が入ったバスケットを置いた。そして何故か無数の桜の花びらたちの真似をして、優雅なダンスを一緒に踊りたくなった。私は、日本舞踊やバレエ、ヒップホップダンスなどの踊りの類いの習い事はしたことはない。しかしその美しい光景に見とれてしまって、一緒に踊りたくなった。

バレリーナの真似をして、片足立ちになり、もう片方の足を後ろに高く上げて伸ばしたポーズを取ってみたり、ジャンプした後に、右足を前、左足を後ろといった形で伸ばしてから着地をしてみたり、トゥシューズを履いた気分になって、つま先足立ちでとことこと小刻みで歩いてみたり、くるんくるんとリズムよくターンをしてみたりもした。

「愛菜、何やってるの？」

はっと気付いて、声をかけられた方を見た。龍太郎が立っていた。彼が持参してきたものと言えば、いつも小脇に抱えているパートナー的な役割を担っている、薄汚れたサッカーボール。そして何故かサッカーボールを持っている同じ側の小脇に抱えている、麻のトートバッグだった。

私は、とても恥ずかしい気持ちになった。

「べ、別にいいじゃない……。ちょっと気分的にダンスしてみたくなったの……。悪い？」

「別に悪くはないけどさ。愛菜がジャンプやポーズをするたびに、スカートからパンツ丸出しでさ。目のやり場に困ったよ。てか、根本的に見る側の気持ちも考えてほしい」

私は、今日はいてきた膝丈よりも上の真っ赤なミニスカートから、パンツが見えていたことを気にも留めなかった。

「この、どスケベッ！」

「『どスケベッ！』って何だよッ！　そっちが好きで見せてきたくせにッ！」

「自分のパンツを好きで見せる女子が、どこにいるのよッ！」

私は、顔を赤らめさせていた。

「お？　そこにあるの、今日のお弁当？」

龍太郎は先程までの話題を変えて、私の「定位置」に置いてあるバスケットを指さした。

「う、うん……、そうだよ……」

「先にメシ食ってからサッカーやったら、消化不良起こして気持ち悪くなるから、先にサッカーやろう」

龍太郎は、小脇に抱えていたサッカーボールをその場に置いた。そして私の方へサッカーボールを蹴ってきた。

私は、そのボールを器用にトラップする。

「ふー、かなり暑いね」

龍太郎と私は、それからも何回かサッカーボールを蹴っては返し、蹴っては返しを繰り返した。喉もからからに渇いてくるし、お腹もぺこぺこになってきた。

「腹減った……」

ついにギブアップ宣言をするように、龍太郎はその場に倒れこんだ。

「今日のピクニック用に作ってきたお弁当があるよ」

「やったやった！　メシにしようメシにしよう！」

サッカーボールをその辺に転がした龍太郎は、私の「定位置」に一目散に駆け出してきた。

そして龍太郎と一緒に昼食を食べ始めた。

だし巻き玉子もから揚げもしっかりと味が染みていて、とても美味しかった。

「このサンドイッチの中に入ってるジャム、最高に美味しいね。どこか特別なやつなの？」

龍太郎は、いちごジャムのサンドイッチを口に含みながら聞いてきた。

「そうだよ。前にお母さんと一緒に、旭川の道の駅で物産展がやってたところをたまたま通りかかったの。ジャムしか販売していないっていうジャム専門店のもので、独特の風味がしていて美味しいでしょう？　こっちのキウイジャムっていうのもあるよ」

二つ目にキウイジャムのサンドイッチを手に取った龍太郎は、美味しそうに食べていた。

「このピーナッツバターは？」

三つ目に手が伸びた。それを口に含みながら聞いてきた。

「あぁ……、それは……。市販のやつだよ」

「あ、そうなんだ……」

食べ慣れているのか、市販のものと知ってがっかりしているのか、どちらとも取れない薄っぺらい返答をしてきた。

とても心地のよい日だった。

何故か知らないけれど、「春らしい歌」とでも、言うのだろうか？　今の景色にピッタリあった昔からある懐かしい歌を無意識のうちに口ずさんでいた。

「さーくーらー、さーくーらー、やーよーいーのーそーらーはぁ……」

歌のタイトルは、「さくら」だったか……。あまりにも身近過ぎて覚えていない。

「急にどうしたのさ？　歌なんか歌っちゃって？」

龍太郎は、呆気に取られた顔で聞いてきた。

「何となく。桜がとても綺麗じゃん。だから……」

私は、満開に咲き誇る無数の桜の花びらの方を向きながら答えた。

「あ！」

「ん？　急に何？」

龍太郎が、急に何かを思い出したように、傍らに置いてあった麻のトートバッグから何かを取り出した。

「ハッピーバースデー」

彼が私に差し出してきた誕生日プレゼントには、ピンク色に真っ赤なハート柄が点々と可愛らしく付いている包装紙、そして真っ赤なリボンが十字に渡して留められていた。

「開けてみてよ」

彼に促されるまま、包みに貼られているセロハンテープを丁寧に剥がした。

「わぁ……」

思わず漏れるような溜息が出たのは、その包みの中身の美しさについうっとりしてしまったからだ。

「イヤリングだ……。何これ？　アメジスト？」

「違うよ、エメラルド」

龍太郎は、少し照れくささを含んだような話し方をした。彼の些細な仕草が可愛いなって思えた。

「五月の誕生石なんだって。愛菜には、ピッタリだと思ってさ。まぁ、ジュエリー系のアクセサリーだから、値段はピンキリで、かなりチープなものだけどね」

早速私は、彼から貰ったエメラルドのイヤリングを両耳にしてみた。

「どう、似合う？」

私の両耳についている翡翠色をゆらゆらと揺らして見せた。

「うん、似合ってる」

春の陽射しの中で、彼は優しく微笑んだ。

それにしても、とても暖かくて過ごしやすい陽気だ。一日じゅう桜の花びらが舞い落ちるこの場所に横になって、ゆっくりしたいくらいだ。

「楽しかった……」

「ん？」

「今日は、とても楽しかったよって言ったの」

「俺も、とても楽しかった。愛菜とこうやって花見ができて。愛菜の誕生日をこうやって祝うことができて」

龍太郎は、大きな桜の木が作る木陰になっているところに大の字になって寝そべっていた。

「愛菜とこうやって一緒にどこかで何かしたりする毎日がとても楽しいんだ。幼なじみとして、親友として。愛菜と一緒で本当によかった。仲良くなれて嬉しかったよ」

急にそんな言葉をかけられると、私の中に眠っていた感動の渦が洪水となって押し寄せる。それが目元に集中して、知らないうちに涙へと変わった。

「わわわわッ！　急にどうしたの？」

「龍太郎が悪いんじゃないッ！　そんな感動的なこと言われると、泣いちゃうじゃないのッ！」

「俺、そんなたいそうなこと言ったかなぁ……」

私は、龍太郎という存在が必要なんだなって改めて知ることができた。

「……ありがと」

「ん？　何て？」

龍太郎は、ケロッとした表情で聞き返す。

「ありがとう！　って言ったのッ！」

龍太郎との再会が、とても嬉しかった。

今こうして龍太郎と一緒にいられることが、何よりの幸せだった。

しかしいつまでもこうしていられないということもわかっている。きっと私は、「過去の夢」を見ているのだ。今見ている「過去の夢」から目覚めてしまったら、こうした彼との日常生活も終わってしまう。

私は、呆然とした。とても苦しくて、とても悲しい。しかしこれは受け入れなければならないことなのだ。

「元気出して」

龍太郎の優しさがただただ嬉しかった。

いつか龍太郎とも別れてしまう。でも彼と一緒に共有できるこの時間を一秒でも長く過ごしたい。そんなことを考えていた。

それにしても春の陽射しがとても心地よい一日だ。このまま何もかも忘れて、のんびり過ごしたいなって思っていた。

夏〜初恋

桜町公園に植えられている桜の木は、黄緑色や緑色、深緑色の葉が幾重にも生い茂っている。北海道にも、ようやく本格的な夏がやってきた。

夏休みまで残り二週間ちょっとの週末土曜日。龍太郎と共に日常生活を過ごす環境にも、だいぶ慣れてきたころだった。

龍太郎と私は、期末テストの勉強のため、近隣にある図書館のフリースペースに置いてある、四つある大きなテーブルのうち二つを確保していた。

勉強にも集中できるし、暑さからも逃れられる。静かで涼しいところという意味では、最適の場所だ。

一日目、一時間目の試験科目である、数学の教科書、ノートとにらめっこしながら、龍太郎はうなるような低い声を出していた。まるで外敵に追い詰められて威嚇《いかく》している犬みたいだ。

「うーん……。たすき掛け……？　因数分解……？」

「駄目だ、全くわからない……」

「わからない」と言いながらも、いざ本番が終わってテストの答案用紙が返ってくると、いつも満点に近い数字を叩き出すのが、彼の得意技だ。

「そんなご謙遜をしなくてもいいんだよー。『わからない』フリしなくてもいいじゃん。本当にガリ勉のくせにサッカー馬鹿でもあるんだから」

「何だよッ！『ガリ勉のくせにサッカー馬鹿』ってッ！」

彼は、文句をぶつくさと言いながらも、数学のノートにペンを走らせていた。

「愛菜がつけてるイヤリング、なかなか似合ってるじゃん」

龍太郎は、自分がチョイスしてきたものを自慢するような言い方をした。

「まー、つけてる人がいいからさぁ。このイヤリングもさぞ喜んでるんじゃないかしら」

私は、どこかの国のプリンセスにでもなったような口ぶりで言った。

「それにしても、期末テストのしょっぱなが、西村先生の教科でしょ？　普段お世話になっている担任の先生の教科から期末テストがスタートするってことを考えると、余計に気を引き締めて勉強しないといけないっていうか……、今回の数学のテストの善し悪しでそれ以降の教科の出来が左右されるというか……」

龍太郎は、急におかしなことを口走った。

テストが実施される科目の順番なんて、その回によってランダムに設定される。今回たまたま、一日目、一時間目の試験科目が担任の西村先生に受け持ってもらっている数学になっただけのことだ。変に気構えることなんて全くしなくてよいと思う。しかし彼の必死で勤勉な態度に、私は少しばかり刺激を受けた。

彼は、いつになく真剣に、数学のノートにペンを走らせた。

先程まで散々「わからない」と言っていた、たすき掛けの因数分解の問題にも、臆することなくペンを動かしている。本当に問題を理解しているのか、いないのか、考え方が全くわからない人だなって思った。

しかし彼の真剣な眼差しに触発されるように、私も精いっぱい勉強しようと、彼に負けないくらいに数学のノートにペンを走らせた。

「だんだんと腹が減ってきたなぁ……」

龍太郎が、図書館の窓から見える、緑の木々がたくさん植わってある風景を眺めながら呟いた。図書館の壁に掛けられている時計を見ると、既に正午に近い時刻を指している。

「うわぁ、本当だ。もうこんな時間」

「どっかでメシでも食べてく?」

「じゃあ私が推薦する喫茶店で昼食なんてどう?」

「うん、そうしよう」

龍太郎と私は、教科書とノートをせかせかと片付けて、図書館から出た。

先日、太一に誘われて一緒に行った喫茶店。ＢＧＭのボサノヴァが落ち着いた雰囲気を作り出す喫茶店。そこが私の「推薦する喫茶店」だった。

店のパールホワイトのドアを開ける。上部に取り付けられているカウベルがカラカラと素朴な音を鳴らす。正面の年代物のスピーカーからは、相変わらずボサノヴァが流れている。この前来た時と全く変わっていない。

「いらっしゃいませー」

マスターと奥さんが、満面の笑顔で出迎えてくれたことも変わらない。壁全面に張り巡らされているガラス窓からは、穏やかな陽気が適度な明かりを取ってくれているし、冷房が効いた店内は、とても過ごしやすい空間だった。

「すごく雰囲気のいい店だね」

適当に案内された席に座ると、龍太郎が第一声を発した。

龍太郎と私は、料理のオーダーを済ますと、夏休みに入ってからのことを話し始めた。

「愛菜は、夏休みに入ったらまたアルバイトする予定なの？」

地元の北見市内に住む高校生の何割かは、夏休みや冬休みのような長期間の休み限定で、飲食店やコンビニ、居酒屋などでアルバイトをすることがよくある。龍太郎も私も、「北見市内に住む、そしてアルバイトをする高校生の何割か」のうちに入る一人だった。

「きっとやるよ。ただ具体的にどこで何をやるかまでは決めてないけど」

「ここでもアルバイトの募集してるみたいだね」

龍太郎の視線の先と同じ方を向く。薄い緑色の厚手の紙に、黒いインクで印字された『アルバイト募集！』のチラシが貼り付けてあった。

「どうする？」

「ど、どうする？　って？」

私は、目を丸くしながら言った。

「ほら、去年の冬休みに一緒にやってた居酒屋が、つぶれちゃったでしょう？　こんな雰囲気のいいお店で働けるのも楽しいかな？　って」

「本気なの？」

「本気だよ」

彼が言ったことは、確かに一理あった。

ボサノヴァが作り出す落ち着いた雰囲気の中で、アルバイトができるなんて素敵だなって思った。

「あの大きいスピーカーから流れてる音楽がボサノヴァでしょ？　ゆっくりと落ち着

けるような感じがめっちゃいいじゃん。ここだったら毎日来てもいいなぁ」

龍太郎もここの喫茶店を気に入ってくれたみたいで、とりあえずホッとした。

「お待たせしましたー」

龍太郎と私が、アルバイトの話をしている時に、オーダーした料理を奥さんが持ってきてくれた。

「あらあら、お二人さん。アルバイトに興味を持ってくれているのかしら？」

ぱつんと切り揃えられた前髪に、ボブスタイルの黒くてツヤのある髪、小豆サイズの小さな黒目に小豆色のカラーコンタクトレンズをしている、一五〇センチに届くか届かないかくらいの、薄い唇に淡いピンクのリップを引いている奥さんが、料理をテーブルの上に置きながら言った。どうやら私たちの話の顛末が聞こえていたみたいだ。

「二人欲しかったの」

すると奥さんは、料理を作っている最中のマスターに『アルバイト募集！』のチラシを指さしてから、龍太郎と私を指さす。そして親指と人差し指で丸の形を作ってオッケーサインをした。マスターは、その合図でアルバイト希望の人員を確保できたことを察知したらしい。

「ジェスチャーだけで通じるなんて、すごいっすねー」

龍太郎は、感動していた。

「私たち『若貴コンビ』だからね」

「『若貴コンビ』？」

私は、奥さんが呟いた謎のワードに疑問符を投げかけた。

「ううん、何でもないの。じゃあ面接とかの日にちは、後から決めようね」

とても歓迎されているようだった。

「とりあえずよかったね」

「そうだね」

龍太郎はバター醤油風味のきのこスパゲティを頬張ってから、ガムシロップとポーションミルクを一つずつ入れたアイスコーヒーをストローで吸い上げた。しめじ、舞茸、エリンギ、えのき茸の四種類のきのこと一口大にカットされたベーコン、玉ねぎのスライスが具に入っている。それらがスパゲティと混ざりあってバター醤油で味付けされている。

「愛菜のやつも美味しそうだね。一口貰ってもいい？」

私は、ごはんの上にハンバーグや目玉焼きが載っているハワイ料理の一つ、ロコモコをオーダーした。ハンバーグに使っている牛肉も豚肉も、目玉焼きに使っている卵も、全てが北海道産らしい。ハンバーグの中には、肉汁がたっぷり含まれていて、それが口の中で爆発した。上にかかっているグレイビーソースもとても美味しかった。

「このロコモコ、すっげぇ美味しいじゃん！」

龍太郎は、アイスコーヒーを一口飲むと、私のロコモコのお礼と言わんばかりに、きのこスパゲティを一口分だけお裾分けしてくれた。

「龍太郎のきのこスパゲティも美味しいね」

きのこ独特のうま味とバターの濃厚さとクリーミーさ、焦げた醤油の香ばしさが渾然一体となって舌の上でとろけていく。

それからタピオカ入りのロイヤルミルクティーをストローで吸い上げた。タピオカを大きめのストローで勢いよく吸うと、喉につっかえてむせてしまうことが玉に瑕《きず》だが、タピオカが口の中に入った時のくにゅくにゅした食感がたまらなく好きだ。

「あら？　ウチの母親からメール……」

携帯電話を手に取った龍太郎は、母親から来たメール画面を私に見せた。メールの内容は、『今日は、家に誰もいないから、愛菜の家で夕食をご馳走になって』というものだった。

私が龍太郎の自宅で食事をご馳走になることもあれば、逆のパターンも度々あった。今日は、その「逆のパターーン」だ。

「てなわけで、今日は一日じゅう愛菜と一緒になるってことか……」

「何よ、その言い方ッ！　まるで私と一緒にいることが苦痛みたいじゃないのさッ！」

「あ、バレた……？」

龍太郎は、冗談っぽく笑った。

時刻は、午後一時を過ぎたころだった。


その日の午後六時。

今日の夕食は、きゅうりとハムと玉子焼き、そして、中央にはとうもろこしが盛りに盛られた冷やし中華。プチプチとした食感がアクセントになっている。やはり夏は、冷たくて、するすると喉を通りやすいものに限る。夕食のチョイスとしては最適だ。

「改めてだけど……。愛菜は、あの喫茶店でアルバイトしようって気はあるの？」

私の真正面の席に座っていた龍太郎が私に聞いてきた。

「まだわからないなぁ……。でも店もマスターや奥さんの雰囲気もとてもよかったからさぁ。前向きには検討しているつもりだけど……」

私は、考えこむポーズを取った。そしてハムと麺を一緒に啜った。ごま油に少量の酢、砂糖、僅かにレモン汁を効かせた母親手作りの醤油ベースのたれが絶妙だった。

「面接行ってみて、気になるところがあったら、断ってもいいんじゃない？」

龍太郎が、間髪入れずに呟いた。

ふと私は、テレビのリモコンの電源ボタンを押した。土曜日の午後六時過ぎなら、ロングヒットを飛ばしている探偵もののアニメが流れている時間だ。

「あれこれ考えないで、とりあえず話だけでも聞いてくればいいんじゃない？」

私の隣で冷やし中華を啜っていた、私の母親が割って入ってきた。

「でも一応前向きには考えてるんだからね。とてもお洒落で、雰囲気もよくて、ボサノヴァが流れてて……」

「ボサノヴァ……？」

私の母親が、小首を傾げた。

「私たちが今日一緒に行った喫茶店の店内でかかってた音楽だよ。クラシックギターとか、ピアノとか、ドラムパーカッションとかがあってとても落ち着いた雰囲気でコーヒーとか料理とかが堪能できるんだよ」

私は、冷やし中華の頂上に載っている、芯から外したとうもろこしをレンゲですくって食べた。

「いいわねぇ。私も今度是非行ってみたいわ」

私の母親は、興味津々といった感じで呟いた。

「愛菜、今度一緒に面接行ってみない？」

龍太郎の問いかけに、私はこくりと一つ首を縦に振った。

それから一週間余りが経過した、七月中旬の月曜日。いよいよ期末テストまで、三日に迫った日のことだった。

北見翔陽高校のクラスメイトの間で、新しい騒動が勃発していた。

春香が、ここ最近、夜な夜な不特定多数の男の人とラブホテル通いをしているという情報が拡散していたのだ。

それは人違いの可能性もあるので、確実なことははっきりとは言えない。しかしその女子高生が着ていた制服は、間違いなく北見翔陽高校のものという近隣住人からの目撃情報だった。

その日の昼休みの時間。

「柴山さんのことを『ヤリマン女』呼ばわりしてたくせに、自分が『真のヤリマン』だったんじゃねぇの」

「マジであり得ないわー」

「本当に性格悪いよねー」

「柴山さんが可哀想過ぎるよー」

警察署での取り調べさながらの尋問を生徒相談室で受けているであろう、春香がいない間にクラスメイトから彼女を痛烈に批判する声が飛び交っていた。

私は、気が気でなかった。

北見翔陽高校の学生であり、しかもクラスメイトというとても身近な存在の人が、知らないうちに淫猥《いんわい》な行為におよんでいたのも信じられなかったし、堂々と春香の悪口を言いふらすクラスメイト全員から彼女だけが孤立してしまうことも心配していた。しばらくすると、春香が後方の入口から教室に入ってきた。クラスじゅうが一気に凍り付いた。

クラスメイト全員が、春香に対して冷酷な視線を浴びせる。そして自然に私と目が合った。その瞬間、彼女は私に詰め寄ってきた。私は、瞬時に身を竦めた。クラス全体がざわざわと騒然とした雰囲気になる。

「後で話がある」

ぽつりと呟いた彼女は、静かに自分の席に着いた。

その日の放課後。

滅多に人が通らない体育館の裏手にある倉庫の中に私は呼び出されていた。中には誰もいない。時間を間違えたのか、場所を間違えたのか。無意識のうちに周囲をきょろきょろしてしまう。

「待ってたよ」

聞き覚えのある声が、背後から聞こえてきた。

遅れて倉庫の中に入ってきたのは、春香、それから紗英と葉子。いつもの三人がこちらに近寄ってきた。

そして今日もまた、春香の右手にはミルクチョコレートが握られていた。

「あんただろ？　私のことセンコーにチクッたのは？」

殺気に満ちた眼光で睨んできた彼女は、左手で私のブラウスの襟の部分をがっちりと掴むと、前後に力強く振り回した。

「あんた、いい加減にしなさいよ！　テスト目前っていうタイミングにさぁ。春香ちゃんが少しでも可哀想だって思わないの？」

「そうよそうよ！」

紗英と葉子が、春香に加勢する。

「私は……、誰にも何も言ってないよ……。野木さん、もうこれ以上こんなことをやってても、意味がないよ……。テストだって三日後に控えてるのにさぁ……」

私は、春香のことを落ち着かせるように言った。しかし彼女には、逆効果だったようで、左手で掴んでいたブラウスの襟を思いきり振り払った。私は、その勢いで床に尻餅をついてしまった。

「何だよそれッ！　命乞いのつもりかよッ！」

先程よりも殺気に満ちた眼光で睨んできた彼女は、興奮しているのか息を荒げている。

「別に……、そんなつもりじゃないよ……」

私は、静かな口調で話した。

「私は、野木さんのことが心配なの。今のあなたは、とても評判が悪いよ。こんなことをしても周囲から孤立していくだけだし、周りからの信用も失うだけだよ……」

私がそこまで言ってから、彼女はまた怒り狂うように私に暴言を浴びせてきた。

「あんたに説教される筋合いどこにもねぇんだよッ！　放っとけよッ！」

彼女の息遣いが、更に荒くなっている。

すると突然倉庫のドアががちゃっと開く音がした。

「き、君たち、こんなところで一体何をやっているんだ？」

用務員のおじさんだ。不思議そうにこちらを見ていた。

「何で……？」

春香は滅多に使われることがない倉庫に、人が来たことを疑問に思ったようで、不思議そうに用務員のおじさんの顔を見た。

「この倉庫からどたばた物音がしたり、叫び声が聞こえてきたりしてね。たまたまここを通りかかっただけなんだ」

尻餅をついた状態で、静かに座っていた私はゆっくりと立ち上がった。

「野木さん、早く帰ろう」

私は一言だけ呟くと、その場から立ち去った。

彼女は、何も言わなかった。


木曜日になった。いよいよ期末テスト初日だ。

この期末テストの期間さえ乗りきれば、いよいよ夏休みに入る。

結局、前向きに検討していた喫茶店でのアルバイトは、マスターや奥さんの気さくな人柄だったり、店内の雰囲気や居心地のよさなどを踏まえて決めて、夏休みに入ってからの期間限定で龍太郎と一緒にアルバイトとして雇ってもらえることになった。マスターも奥さんも、ウェルカムムード満載でとても喜んでいたみたいだ。

これで夏休みになると、ほぼ毎日のようにアルバイトに励まないといけなくなる。

しかしこの期末テスト期間の一日目、一時間目の数学の教科で、私はまたもやトラブルに見舞われる羽目になる。

「今日から、期末テストの期間に入る。ここにいる生徒諸君が、これまで一生懸命に学習してきた成果を存分にぶつけてほしい」

一日目、一時間目の数学の試験監督を担当することになった、小比類巻先生が声を張り上げて言った。

三十代前半で、大学時代にラグビー部で鍛えたプロレスラー並みの大柄の体格は今も健在で、見かけによらず繊細で心優しい一面もあるので、生徒からの人望も厚い。とても好感の持てる男性の先生だ。担当教科は、体育だった。

「はじめ」

小比類巻先生の合図で、教室にいる全員が、一生懸命になってテストに取り組んでいる。

教室じゅうがしんと張り詰めた空気の中で、ただひたすらにペンを走らせている音だけが幾つも重なっていた。

先日、龍太郎が言っていたことを思い出した。

「期末テストのしょっぱながが、西村先生の教科でしょ？　普段お世話になっている担任の先生の教科から期末テストがスタートするってことを考えると、余計に気を引き締めて勉強しないといけないっていうか……」

彼の考えに感化されたように、私も真剣になって勉強をした。

そして私も、西村先生に教えてもらった全てをフルに発揮できるようにした。今回の数学のテストの善し悪しでこれ以降の教科の出来が左右されると肝に銘じて。

龍太郎と図書館で一緒に勉強した、たすき掛けの因数分解、だったか。彼が「わからない」なりに勉強したところを、私も熱心に勉強した。

きっと彼は、今も「わからない」と思っていながらも、軽々とペンを答案用紙上に滑らせているのだろう。ふと彼のことが気になり、私の二つ左隣の席の彼の様子を眺めていた。

するとー。

「小比類巻先生、柴山さんが大杉くんの答案用紙をカンニングしています」

左斜め後ろの席から、春香が指摘してきた。

私が、左隣に座っている大杉くんの答案用紙をカンニングしたというのだ。無論、私はそんな卑怯な真似をしようとはまるで思わない。

「またかよ」というような視線を春香に送る生徒も何人かいれば、突拍子もなくカンニングの問題を指摘されたことで、集中を切らされて「チッ」と舌打ちをした生徒も何人かいた。

私は、呆気に取られた表情で小比類巻先生の方を見た。小比類巻先生は、私の方へ近付いてきたが、特に注意することはなかった。

「本当にカンニングがあったのかどうかは、後日確認する。柴山、野木。今は試験中だ。集中して試験を続けるように」

小比類巻先生が、小声で囁いた。

私は、とりあえず何事もなかったように数学の試験に向き直った。

しかし何一つ納得できないまま試験に臨んでいた。

それからまた週が明けた水曜日。夏休みに入る前の、終業式まで今日を含めてあと二日に迫った日だった。

期末テストの期間も無事終わった。

数学のテストもまずまずの出来だったと思うし、その他の教科も無難にこなせた。

そして数学以外の科目の答案用紙は、全て返ってきたのに、例の春香が指摘してきた「カンニング」が起因して、数学の答案用紙だけが返却されていなかった。

私と春香だけが、生徒相談室に呼び出されていた。

私と春香が横並びに座り、真正面に教科担当の西村先生と試験監督をしていた小比類巻先生が座っていた。原告側と被告側の間に変な空気が漂っている。

「おほん」

一つ咳払いをした小比類巻先生は、私と春香の顔を順番に一度ずつ見てから言った。

「先日、野木から指摘があった柴山のカンニングの件だけど……」

小比類巻先生は、再度私と春香の顔を順番に一度ずつ見てから話した。

「大杉の答案用紙と柴山の答案用紙を見比べても、大して同じような解答はなかった。しかも俺もその場にいたから言えることだが、大杉の答案用紙は、その時おおよそ半分くらい答えが埋まっていた。それは俺がこの目でしっかりと見ていることだ。ちゃんと証明できる。前半部分に出題された中の、大杉と柴山の解答がほぼ同じようなものだったら、問題視される。しかし大杉の答案用紙は、ほぼ誤答だったことに対し、柴山の答案用紙は、ほとんどが正答だったためにカンニングは認められないことになる」

私は、ホッとした表情をした。小比類巻先生の話を隣で聞いていた、西村先生も安堵の表情を浮かべている。

「柴山、よく頑張ったな。偉いぞ」

小比類巻先生は、朗らかな表情で言った。小比類巻先生もまた安堵の表情を浮かべて、私もまた安堵する。

一方の春香の方を見ると、曇った表情をしていた。その目は、小比類巻先生の顔を射止めて、攻撃的な目線になっている。

「ふざけんじゃねぇよッ！」

春香は激昂した。小比類巻先生の胸元をがっしりと掴んで、我を忘れたかのように罵倒した。

「私はぁッ！　コイツが、答案用紙をガン見しているところを見たんだよッ！　絶対に、間違いなくカンニングしてるんだよッ！　それをカンニングしてないってどういうことだよッ！　あんたの目は節穴かよッ！」

　彼女は、小比類巻先生を前後にぶんぶんと振り回した。

「小比類巻先生から聞いた話です……」

　西村先生が、静かに口を開いた。

「野木さんから、『柴山さんがカンニングをした』という告発を受けているの……。でも柴山さんは、とても利口で、聡明で、勤勉な生徒です。そんな子が、そのような狡猾《こうかつ》なことをするなんて私は信じたくありませんでした。勿論、野木さんもとても立派で、素晴らしい生徒ですよ。何を理由にそこまで柴山さんに敵対心を燃やしているのかわからないんだけど、何とか仲直りしてもらえないかなって……」

　西村先生は、小比類巻先生の胸元を掴んだままの春香を、真っすぐに見つめたまま話した。

　春香は、小比類巻先生を乱暴に突き放し、何も言わずに生徒相談室を出た。

　北海道の夏休みは短い。七月下旬から始まって、お盆が明けると同時に二学期が始まる。二学期の始業式まで今日を含めてあと三日に迫った日のこと。

　龍太郎と私は、アルバイトをすることになった喫茶店で、比較的客の出入りが多いランチの時間帯を中心にシフトが入っていた。

時間がゆっくりと流れるような店内独特の雰囲気とは違って、厨房の中は、殺人的な忙しさだった。

オーダーされた料理が出来上がっては、所定のテーブルに運んでいき、また次の料理が出来上がっては、また所定のテーブルに運んでいき、繰り返し繰り返し店内を行き来していた。ピストン輸送は、今日も健在だ。専《もっぱ》らホールスタッフとして稼働していた龍太郎と私も、厨房の中に入っては、「あれして！　これして！」とマスターの貴志さんや奥さんの若菜さんの指示を仰ぎながら、付け合わせのポテトサラダを盛り付けたり、みそ汁やコンソメスープなどの汁物をお椀によそったりする作業を手伝うくらいだった。先日若菜さんが店内で言っていた『若貴コンビ』というのは、貴志さんと若菜さんの名前の頭文字をくっつけたところからららしい。

ボサノヴァが作り出すゆったりと流れる空間を味わう余裕なんて、これっぽっちもない。しかも毎日のように喫茶店に行くと、それ自体が当たり前になり過ぎて、そんな雰囲気を味わうことすらも薄れてしまう。しかしボサノヴァが流れている空間で仕事をするのは、とても楽しかった。

その日も変わらない、殺人的な忙しさのランチタイムを捌《さば》き終えた後の昼下がり。

パールホワイトの入口のドアの上部に取り付けられているカウベルがまたもやカラカラと素朴な音を鳴らした。

「いらっしゃいませー」

一組を残して最後のランチタイムに来ていた客が帰っていき、私が食器やグラスをお盆の上に載せて、テーブルの上を拭いている時だった。

「あれ？　柴山さんじゃない？」

どこかで聞いたことがある、猫なで声にも似た甘えた声。私の名前を知っているその来客者の方を見る。

「あぁ、岡中くん」

太一が、一人で店内に入ってきた。

「ここでバイトしてたんだ」

太一は、朗らかな声で言った。

「そうだよ。突然私の名前を呼ばれたからビックリしちゃった。あ、龍太郎もいるんだよ」

私は、龍太郎がいるところを指さした。龍太郎は、キウイとヨーグルトのフローズンドリンクをブレンダーで攪拌《かくはん》する作業を手伝っている最中だった。

「そうだったんだ。じゃあ適当なところ座っていい？」

「うん」

私は、彼を適当な席に座るよう案内した。

私は、ブレンドコーヒーと龍太郎が作ってくれたキウイとヨーグルトのフローズンドリンクをオーダーした、私たちとは違う高校に通っているであろう、高校生カップルの席にそれらを置いた。

「あそこにいるの友達なんでしょ？　だいぶ客も引けてきたから、今日はもうあがっていいよ。ご苦労さん」

貴志さんが、満面の笑顔で言った。

龍太郎と私は、太一が座っている席へ向かった。

「岡中が一人でここに来るなんて、珍しいんじゃない？」

確かに太一は、友達が多い方だ。バスケ部の同輩とか、クラスメイトとか、その他諸々を含めて。彼が一人で行動するのは、そうそうないことだ。

太一の隣の席に座った龍太郎が、別口でオーダーしたアイスチャイを飲みながら、話していた。ここの喫茶店のチャイは、クローブにカルダモン、しょうが、黒胡椒の四種類のスパイスが入っているインド式のミルクティーだ。

「墓参りも終わったし、親戚が集まることもなかったからな。お盆で部活も休みだったから、暇で外をブラブラしているうちにここを通りかかったってこと。そうしたら二人揃ってここでアルバイトしてるなんて知らなかったもんなー」

「こっちも言ってないもんなー」

　太一の言い方を真似するように、龍太郎も言った。

　太一は、アイスコーヒーをブラックで飲んでいた。

「龍太郎くーん、愛菜ちゃーん。どっちでもいいんだ。こっちに来てくれないかな？」

　貴志さんが、厨房から呼んだ。

「愛菜、いいよ。俺行くよ」

　飲みかけていた季節限定のハスカップのフローズンドリンクのストローを口から外して厨房へ向かおうとする私を制して、龍太郎はそちらへ行ってしまった。

　太一と斜向かいになるような形で、つまり龍太郎とは、真向かいになるような形で座っていた私は太一と二人きりで席に着いていた。

「やっぱり柴山さんと相馬って仲良しなんだね」

　太一は、嫉妬を含んだような言い方をした。

「単に幼なじみってだけ。ただそれだけだよ」

「でもクラスのヤツや他のクラスのヤツの中には、『柴山さんと相馬は、幼なじみって言っときながら、本当はできてるんじゃないか？』ってうわさしてるヤツらもいるんだよ」

「でも、彼とは本当に『幼なじみ』ってだけなんだよ。勿論、彼のことは『親友』だと思ってるし、『とても大切な存在』だと思ってるよ。でもただそれだけなんだ」

先程も言った台詞を強調するように、再度口にしていた。

「ねぇ、柴山さん」

太一は、私の方に顔を近付けてきた。

「相馬がいない間に、もうワンチャンス欲しいんだ。今度また一緒にここの喫茶店に来ようよ。一生のお願い」

太一は、両方の手のひらを顔の前で合わせて、拝むようなポーズを取っていた。

「はい、お待ちどう！　夏季限定のマンゴーショートケーキ。マスターの奢りだってさ」

お盆の上にいちごの部分がマンゴーに変化したショートケーキを三つ載せて持ってきた龍太郎は、朗らかに言った。

「岡中、愛菜のこと口説いてたのかよ？　俺がいない間にうまいことやってんな」

「ば、馬鹿野郎ッ！　そ、そんなんじゃねぇってッ！」

私は、先程の太一との会話のことは、深く掘り下げずに微笑んでいた。

「そ、それよりも、マンゴーショートケーキが腐っちゃうから、早く食べよう」

太一は、厨房にいる貴志さんにぺこりと頭を下げた。貴志さんも厨房から手を挙げて応えていた。

「おぉ！　このマンゴーめっちゃ美味い！」

太一は、感動していた。貴志さんも太一の台詞が聞こえたらしく、満足そうだ。

店内には、ボサノヴァがずっと流れていた。店内の雰囲気もまた、いつもと変わらないままだった。


龍太郎と私が、アルバイトをしている喫茶店に太一が来店した日から一夜明けた。二学期の始業式まで、今日を含めてあと二日の午後六時ごろのこと。

赤い金魚が全体的にプリントされた浴衣を着て、下駄を履いて、龍太郎から貰ったエメラルドのイヤリングを耳につけて、自宅を出た。

お盆の時期になると、龍太郎と一緒に近所の神社でやっている夏祭りに行くことが、毎年の恒例行事だった。

待ち合わせ場所は、いつもの桜町公園。龍太郎は、灰色と白色が混ざったまだら模様の甚兵衛姿で、先に待っていた。こちらに気付くと、右手を挙げて合図を送った。

「お待たせ」

「全然待ってなんかないよ。じゃあ、行こうか」

いつものように、ある一定の距離を保ったまま、横並びになって歩いた。

下駄が地面を叩きつける、こつこつという音を高らかに鳴らしながら、二人で歩いていく。

「夏祭りだね」

「そうだね」

私は、当たり前のことを呟いた。龍太郎は、普通に返事をする。

夏祭りの縁日には、金魚すくいやわたあめ、チョコバナナ、たこ焼き、射的などの割と定番の出店が軒を連ねていた。

「すごい賑わってるね」

「そうだね」

またもや私は、当たり前のことを呟いた。龍太郎は、普通に返事をする。

直線上に軒を連ねる出店をひと通り見回したところで、龍太郎が口を開いた。

「何かゲームでもしようよ。ほら、あそこにある輪投げとか」

輪投げの出店の前に来た。

五つの輪を投げて、幾つ入れられたかに応じて、商品が貰えるというのがルールみたいだ。

「じゃあ勝負してみようよ」

龍太郎と私は、一度きりの勝負をした。

結果的には、龍太郎も私も五つ全部入れることができた。つまり「引き分け」になる。

「龍太郎、何で家にあるものをもう一個貰うのよ？　てか、そんなの二つもあって、何のメリットがあるのよ？」

龍太郎は、何故か小学生が練習用に使う小さいサイズのサッカーボールを小脇に抱えていた。

「これ以外に欲しいものがなかったから、仕方なくだよ」

サッカーボールを手で小さくぽんぽんと弾ませていた。

「愛菜だって、何を今更そんな子供じみた景品貰ってるのさ？　そんなの欲しがるのって、幼稚園児か、高く見積もっても小学校低学年でしょ？」

私も私で、何故かシルバニアファミリーのミニチュアハウスのセットを貰って、箱の取っ手になっている部分を手に提げていた。

「私だって、これ以外に欲しいものがなかったのよ」

どっちもどっちだなって思った。でも僅かな時間ながら、今年も龍太郎と一緒に夏祭りに来られてすごく楽しかった。最後に二人で一緒に買った、りんご飴を齧りながら、帰路についた。

「ねー、見てー！　夜空がすごい綺麗ー！」

龍太郎と再会した初日にも見た、コバルトブルーの夜空に満月が光り輝いていた。

「おぉ、確かに壮観だねぇ」

龍太郎も、とても満足そうな声を出していた。本当に綺麗な夜空だった。

「ここで見るよりも、桜町公園の方がゆっくり見ることができるんじゃない？」

確かに龍太郎の言う通りだなって思った。

こんな人が多くて騒がしい場所よりも、ほとんど人が通らない静かな場所の方がずっといい。

「そうだね、じゃあ移動しよう」

龍太郎と私は、桜町公園を目指して歩いた。


「うわー！　すごい綺麗ー！」

コバルトブルーの夜空に、満月が光り輝いている。無数の星たちもキラキラと瞬いている。

先程までいた神社とは、さほど遠くない距離で見ているはずなのに、こちらの方で見ると、空全体がより一層澄んでいた。

「もっとあっちの方に行ってみようよ」

龍太郎が、私の手を引きながら、桜町公園の敷地内にある奥側の桜の木が植わっていない小さい山まで駆けていく。私の胸が、不思議ととくんとくんと高鳴っていた。

「綺麗だねー」

龍太郎と私は、小さい山に登って横並びになってコバルトブルーの夜空を見上げていた。

こんな夜空見たことがない。

小さい山に登ったぶんだけ、満月と星たちに近付けたような気がした。

「あ！　流れ星！」

「あ！　あっちにも！」

間髪入れずに、流れ星があちらこちらで縦横無尽に往来していた。こんなにも数多くの流れ星があらわれることなんてあるのだろうか？　そんなことを考えていた。

「それにしても、どうして満月が出るんだろう……？」

私は、月の科学に触れるようなことをふと口走っていた。

「月は、約ひと月かけて地球の周りを一周すると言われているんだ。そして太陽から見て地球を挟んだ向こう側にいる時は、太陽の光に照らされて満月になって、太陽と同じ側に戻ってきた時は、何も光を発しない新月になる。そして月が中途半端な位置にあると、三日月や上弦の月や下弦の月になる。月っていうのは、本来丸いボールの形をしているんだけど、月の位置によって太陽の光の受け方が変わって、光の発し方が変わる。これが月の見え方のからくりらしいよ」

龍太郎は、得意げに話していた。

「龍太郎って、本当に物を知らないフリするくせに、賢いところを披露するの得意だよね」

「放っといて」

龍太郎は、膨れっ面をしていた。そんな彼の仕草が可愛いなって思った。

「てか、昔ちょっとだけ天文学に興味があって、図書館でその手の本を片っ端から読み尽くしたことがあるんだよ。だからたまたま知ってたってだけのこと」

龍太郎は、幾つも往来する流れ星を見上げながら呟いていた。

「もうそろそろ夏休みも終わりかぁ……」

龍太郎は、しみじみと言った。

「何よそれ」

私は、青春を気取ったような、彼の言い回しに思わず笑ってしまった。

「だって、高校、大学と卒業したらさ、俺たちあっという間に社会人の仲間入りだよ。こんな青春的なことができるのって人生が八十年あったとして、中学生から大学生までの期間を見積もっても十年だよ。だから心置きなく『青春』を満喫しておかないとって思ってさ」

高校生活最後の夏休みもあと僅か二日なのだ。龍太郎が、今言ったことも一理あるなって感じた。

「ところで愛菜は、今まで彼氏とかいたことあるの？」

龍太郎は、急にそんなことを聞いてきた。私も私で、今更何を期待しているのか、胸がとんと一つ鳴った。

「な、何でそんなこと聞いてくるの？」

「いやぁ……。愛菜って、今の今まで男オーラを匂わせたことなかったでしょ？　実際のところどうなのかな？　って……」

「いわゆる彼氏いない歴イコール年齢が一緒ってやつだよ」

私は、心の感情を押し殺すように言った。

中学生のころや、今の太一を含めて高校生になってからも、何人かの男子に告白された経験は一度や二度ではない。割と異性にはモテていた方だと思う。しかし相性が合わなかったり、単に異性として興味がなかったりで、そのようなことには全く縁がなかった。

「それに未だにバージン守ってるし……」

私は、龍太郎に聞かれていないことまでするりと口から滑り出た。

「やっぱり……」

「や、やっぱりって何よッ！」

次は、私が膨れっ面になる番だった。自分の顔がかなり火照っていた。

「てか、龍太郎の方こそどうなのよッ！　彼女の一人や二人くらいいたことあるのッ！」

「俺も、彼女なんていたことないよ。小学生のころからずっとサッカーが恋人みたいな感じで生活してきたしさ」

「ほーら、ご覧なさいよッ！」

何が「ご覧なさい」なのか、自分でも全く意味不明なことを呟いていた。

龍太郎の女性遍歴を今の今まで聞いたことはなかったが、きっと彼の口から告げられた通りなのだろう。きっと彼のことだから、今の春香を含めた女子には、そこそこ人気はあったんだろう。

「あ、ちなみに俺も、チェリーボーイってやつだから」

何の恥ずかしさを見せることもなく、彼はするりと言ってのけた。

「だからといって、別に愛菜とどうこうは考えてないので、その辺はよろしく」

「わ、わかってるわよッ！　こ、こっちだってお断りなんだからッ！」

私は、俯いていた。龍太郎に私の今の表情や仕草を見て心が見透かされてないだろうか。とにかく恥ずかしかった。

「ちょっと恋人チックなことしてみようか？」

「はぁ？」

「だって、俺らが高校生活で過ごすことのできる夏休みもあと二日しかないんだよ。

もっと青春しないとさ」

　すると龍太郎は、私の背中とひざの裏に自分の細くて逞《たくま》しい二つの腕をするりと滑りこませてくる。私の身体を軽々と持ち上げて、お姫様抱っこをしてきた。

「きゃあッ！」

「シッ！　こんな夜遅い時間帯に、下劣な奇声をあげたら痴漢に思われるでしょッ！」

　下劣な奇声という言い回しに物言いをつけたかったが、グッと堪えた。

「龍太郎って、案外力あるんだね」

　彼の中に、父親のような温かさと頼りがいのある包容力があった。

「それにしても、とても綺麗だね」

　さっきから「綺麗」って言葉を何度口にしているだろう？

　龍太郎がお姫様抱っこをして高く持ち上げてくれたぶん、もっと満月と星たちに近付けたような気がした。

「あ、あれ……？　何これ……？」

　突然、私の耳元につけていたエメラルドのイヤリングが、月の光にリンクするように、キラキラと輝きだした。それはまるで龍太郎と私の二人だけを当てるスポットライトのように淡い翡翠色の光を発していた。

「うわぁ……」

私をお姫様抱っこしたままの龍太郎も、その神秘的な光景に目を丸くさせていた。

「ねぇ、このイヤリングって、こんな魔法めいたものだったの？」

「全然知らないよ」

このイヤリングにそのような機能が備わっていたことを、本当に知らないような口ぶりだった。

「御伽話みたい……」

小さいころに、絵本の中で見たガラスの靴を落として舞踏会から去っていったシンデレラや、王子様がキスをした後に奇跡的に復活を果たす白雪姫のような、そんな御伽の世界の中にタイムスリップしたみたいだった。

私たちは、今地球上の真ん中で二人きりでいる。そんな恥ずかしいようで、くすぐったいようで、甘酸っぱいような心地を味わっていた。

「ありがとう……」

私は、すぐ目の前にある龍太郎の顔を見つめた。そして衝動的に龍太郎の頬にキスをした。

「こっちこそ……」

龍太郎は驚いたような振る舞いをした。しかし私のキスに逃げることなく頬を預けた。

「これからもずっと仲良しでいよう……」

私は、小声で囁いた。

「……うん」

彼は、短く返事をした。

これが私の中に芽生えた、初恋だったのかもしれない。

秋～紛争

「来週の体育の日は、『強歩大会』が開催される予定です。体育の授業では、体育担当の小比類巻先生指導のもと、本日から『強歩大会』が終わるまでの間じゅう、高校の近くを周回するランニングコースを走ります。このクラスの全員が無事に完走できるように頑張りましょう！」

西村先生のクリアーで、はっきりとした声が教室内に響いた。

十月初旬の秋口。私たちが住む北見市全域では、初雪が観測された。例年の北海道にしては、異常と言えるくらいに早い。

氷の結晶のような雪がふわふわふわとゆっくり舞い落ちて、街の景色全体がまるで白色のカーペットが敷かれたように覆われている。朝からとても寒い日だった。

北見翔陽高校では、決まって毎年体育の日。つまり、十月の第二月曜日に強歩大会が開催される。

十月が始まって最初の月曜日。朝のホームルームの時間のことだった。

西村先生は、強歩大会で約三十キロという過酷な距離を走破するための具体的な内容をクラス全体に説明していた。

「えー、こんな雪がたくさん降ってるのに、マラソンなんてやんのかよー！」

「寒いから中止にすればいいのにー」

「マジで凍死しちゃうよー！」

「体罰だ！　体罰だ！」

教室内から、幾つものブーイングが交錯していた。

明日になると、気温がまた穏やかになって、雪はすぐに融けるって今朝のテレビの天気予報でやってたのになって思った。

でもいつだってそうだ。担任の先生や学校側が、やりたくないことや気が向かないことなんかを話し出した途端に、変な物言いをする生徒は、クラスの中で絶対に数人はいる。

「はい！　全員静かにッ！」

西村先生は、普段はとても大人しいし、クラス全体をまとめることがなかなか苦労しそうに見える。しかし西村先生の大きくはきはきした声は、クラス全体を統率できる力があった。

「強歩大会に向けた事前準備をしっかりとしましょう。まずは、校内に設置されている自動販売機や購買で水やスポーツドリンクやお茶などを買って、水分補給をすることです。では、次の連絡事項です……」

西村先生は、その他にもある幾つかの連絡事項を一つ一つ丁寧に話していった。

朝のホームルームでの西村先生からの連絡事項は、そのあと三つほど続いて終わった。

いつもの日課のように、春香たちのグループが、私の席の真正面に立つ。そして春香が、私の机に力強く「バンッ！」と両手を叩きつけた。今度は何事かと身構える。次に備えてきた武器は、バズーカだろうか、それとも戦車だろうか。

「おい、ヤリマン女ぁッ！　また相馬くんと一緒にどっか行ってたんだってぇ？　一緒に図書館で期末テストの勉強したとか、一緒に喫茶店でアルバイトやってたとか、一緒に夏祭りに行ったとか。本当に色々な場面で、相馬くんにちょっかい出してくれるよねぇ？　てか、岡中くんと付き合ってるんでしょ？　お願いだから、そろそろ相馬くんのこと解放してくんないかなぁ？　相馬くん、かなり迷惑がってるんだけど？」

図書館での勉強の話とか、喫茶店でのアルバイトの話とか、夏祭りの話とか、一体いつのころの話を持ち出してくるのだろう？　もう秋口だというのに、彼女の話のネタは、夏休み前から夏休み明け直前までの出来事だ。

しかしここ最近の彼女は、そんな傾向にあった。

つい三日前。つまり九月の最終金曜日。

私の誕生日の近い時期に、龍太郎と私が一緒に花見がてらピクニックをしたことを話題に出してきては、ぶつくさと文句を言ってきた。とにかく遠い昔のことを無理矢理話題に持ち出してきては、私を責め立てて、紗英や葉子と面白がる。そんな日々がずっと続いていた。

私が龍太郎と一緒にいて、彼が迷惑がってる素振りなんて一度も見たことがない。彼女の思いこみも、相当な異常レベルだ。

「柴山さん、春香ちゃんの気持ちを少しは考えてあげたら？」

「そうだよ。最近の春香ちゃん、とても可哀想だと思う」

紗英、葉子の順番で言った。春香の矢継ぎ早に放たれる攻撃に加勢する態度も相変わらずだった。

「龍太郎と一緒に図書館で勉強したことも、龍太郎と一緒に夏休みの間だけアルバイトしたことも、龍太郎と一緒に夏祭りに行ったことも、全部事実だよ。でも龍太郎とは、単なる幼なじみなんだよ。図書館の件も、アルバイトの件も、夏祭りの件も、毎年の恒例行事のようなもんなんだよ。野木さん、考え過ぎなんだよ。もうちょっとリラックスしてよ」

私は、冷静な口調で言った。

「仮に野木さんと龍太郎が付き合ったとしても、私は何も言わないよ。野木さんが望むのならば、お好きにどうぞ。熨斗《のし》付けてプレゼントしてあげるよ」

するとクラスメイトの誰かから、春香を小馬鹿にするような声が聞こえてきた。

「うわー、クラスいちの人気者の相馬とクラスいちの嫌われ者の野木が付き合うのかー。めっちゃ不釣り合いだなー」

超絶ストレートな言い草だなって思った。

「誰よッ！　今私のことを馬鹿にしたのはッ！」

春香は、周囲をぎろりと睨みつけた。無論、春香の言葉に名乗り出る人なんているはずがない。

「な、何よッ、あんたたちッ、全部私が悪いとでも言いたいんでしょッ！」

春香は怒り心頭のまま、教室の後方から出ていこうとした。


同じ週の金曜日。午前八時半までの遅刻のボーダーラインに間に合うように龍太郎と一緒に登校していた。

秋晴れが、ここ数日続いていた。この日も、雲一つない青一色の空が広がっていた。

いつもと変わらずに龍太郎と一緒に校門から校庭へ、校舎の入口から入って玄関の下駄箱に自分の靴を入れた。

そして上靴を取ろうとした。

しかしこんなすがすがしい天気とは裏腹に、朝早くから再び悪質な嫌がらせに見舞われた。

「ギャアァァァァッ！」

私は、この秋晴れには全く似つかわしくない下品な大声を出していた。あまりにも無残な自分の上靴を見て身震いした。

「うわぁ……。こりゃあ、酷いなぁ……」

龍太郎の顔も酷く歪む。得体の知れないものを見るように絶句していた。

私の上靴が、カッターナイフなのか、ハサミなのか、包丁なのか。何を用いたのかは定かではないが、とにかく鋭利な刃物でズタズタに切り裂かれていた。

私は、気味が悪くなった。

「愛菜ぁ、そろそろ西村先生に相談するか、野木さんにいい加減やめるよう言ったらどう？」

龍太郎は、心配そうな様子でこちらを眺める。

「ううん……、大丈夫だよ……。しかもこれをやった犯人が野木さんって決まったわけじゃないでしょう。そんなことで彼女を責めたくないし、そんな決めつけも良くないよ……」

私たちが、卒業するまであと半年。こんな些細なことで、彼女との紛争にも似た揉め事を起こして、後味が悪いままで卒業したくはなかった。私は、龍太郎や太一、春香、紗英、葉子を始めとするクラスメイトや、他のクラスの同級生のことが大好きだった。これからもずっと仲良しでいたかったのだ。

「だけどなぁ……」

龍太郎は、首を傾げながら話していた。

「ううん、大丈夫だよ。野木さん、きっと今は色々とイライラしてるんだよ。私は八つ当たりされてもいいの。それで彼女の心の痛みやストレスが軽減されるなら、それでいいんだよ」

顔面が蒼白になっていく龍太郎を見ながら、龍太郎と私は教室に向かった。

いつもと変わらずに龍太郎と私は、同時に教室内に入った。

私は、ズタズタに切り裂かれた上靴を履いていた。

右足のつま先が空洞になって、そこから秋口のひんやりとした空気が入ってきてスースーするし、左足の外側のくるぶしの部分が全く原形を留めていないから歩きづらくてたまらない。しかし我慢して履くことにした。

すると周囲のクラスメイトがざわざわとしていて、どこか落ち着かないような雰囲気を漂わせている。一体何事かと龍太郎と私は、互いに顔を見合わせては、きょとんとしていた。

「し、柴山さん……」

既に登校して教室内にいた太一もまた顔面が蒼白になって、ぶるぶると震えた右手で私の机を指さした。

「うっ……」

私は思わず、言葉を詰まらせた。隣にいた龍太郎の顔も酷く歪んでいる。

「愛菜……。これはいい加減ヤバいんじゃないかなぁ……」

今日だけで二度目の悪質な嫌がらせ。しかもまだ朝の登校時間だ。しかも今までのものと比べても、確実にエスカレートしている。これが泣きっ面に蜂というものだろうか。

私の机の上に、黒の油性マジックで落書きがされている。

「バカ！」

「死ね！」

「消えろ！」

「ウザイんだよ！　このヤリマン！」

などの罵詈雑言の数々が連なっていた。

すると時間差で登校してきた春香たちのグループが、後方の入口から教室に入ってきた。周囲のクラスメイト全員が、彼女たちに冷酷な視線を浴びせている。

私は春香と目が合った。彼女は、私の机の上に書かれている落書きに気付いた様子だった。

「おいおい何なんだよ、その目はッ！　その落書き、私が書いたとでも言いたいの？　私が書いたっていう証拠でもあんのッ？　私を犯人に仕立て上げたいのなら証拠を持ってきなさいよッ！」

春香はそう言い捨てると、紗英と葉子と一緒に教室の外へ出ていった。

「愛菜……。俺、もう我慢できないよ……。朝のホームルーム終わった後でも、西村先生に報告しよう」

西村先生は、一見頼りなさそうに見えるが、生徒からの相談、しかも自分のクラスの教え子のことになると、真剣に取り組んでくれる芯の通った先生だ。この問題の解決に向けて親身に相談に乗ってくれるだろう。

「待って……。もうちょっとだけ我慢して……。龍太郎の気持ちはとても嬉しいんだけど……。私の中でいい案が浮かぶまで、もう少しだけ待ってほしいの……」

私は、悩んでいた。

彼女とどうにか紛争を起こさないために、どうにか揉め事を起こさないために、丸く収める方法を見つけたかった。しかし見つからなかった。解決策を探せば探すほど、私の脳が疲れてしまう。本当にそんな解決策なんてあるのだろうか？　そんなことを考えていた。

私は、解決の糸口が見つけられないまま、ただただ呆然としていた。

その日の放課後。

既に部活を引退していた龍太郎が、サッカー部の後輩たちの指導を兼ねた練習に参加するみたいだったので、私一人だけで帰った。

しかし下校の途中で、自分の携帯電話を机の中に忘れてきたことに気付いて引き返した。

誰もいなくなった教室の中で、龍太郎と太一が私の机の前でせかせかと何かをやっている。

「あれ？　龍太郎に岡中くん、私の机の前で何してるの？」

はっとした表情で龍太郎と太一は、こちらを振り返った。

「あぁ、愛菜の机の落書きを何とかしてやろうと思ってさ……」

教室の隅にある掃除用具が入っているロッカーから取り出したであろう、水がなみなみ張ってあるバケツと雑巾二枚。隣のクラスメイトの机の上には、家庭用洗剤のスプレーが置いてある。

「ふー、こんなもんでとりあえずはいいかな？」

龍太郎が言った。

黒い油性マジックの跡は多少残ってはいる。しかし書いてある字自体は、全く読めないくらいに原状回復はしていた。

「二人とも……、ありがと……」

私は、小さく呟いた。

二人は、小さく笑っていた。


十月の第二月曜日。つまり体育の日。いよいよ強歩大会当日だ。

つい先日までは、雪がちらちらと降っていたのに、この日は、うそみたいに真夏に逆戻りしたかのようだった。

「今日は、暑いから強歩大会なんて中止にしよー！」

「このクソ暑い中、脱水症状のヤツらが続出したら取り返しがつかないぞー！」

「この体罰教師ー！」

「生徒の言い分は、無視かよー！」

グラウンドに整列した七〇〇名余りいる全校生徒のあちらこちらから、先日とは真逆のブーイングが交錯している。本当に変な物言いをつけたがる生徒はたくさんいるんだなって改めて思った。

「今日は、とても暑い日だ！　こまめな水分補給は欠かさずに、ここにいる生徒諸君がゴール地点まで戻ってこられるように頑張ろう！　健闘を祈る！」

全校生徒が整列しているグラウンド前方の、中央に置いてある朝礼台の高い位置に登った全体責任者の小比類巻先生が、拡声器を用いて言った。

ラジオ体操をしっかりと済ませた後に、私たちを始めとする七〇〇名余りの全校生徒は、スタート地点に誘導される。

「それでは間もなくスタートするぞー！　生徒諸君は、スタート位置まで移動するようにー！」

私は、長距離を走ることに関しては、かなり得意な方だと思う。

過去二回走った強歩大会の成績では、昨年も一昨年も、女子の部で十番以内に入れた。北見翔陽高校の全校生徒七〇〇名余りいるうちの約半数が女子生徒ということを考えても、かなり優秀な方だと思う。それが私の中での、ひそかな自慢でもあった。

上位三位以内に入った生徒は、グラウンドの脇に設置されている表彰台で表彰されることになっている。私は、今回ばかりは三位以内を狙って一生懸命走ろうと心に誓っていた。最終学年の三年生だから余計に気合いが入る。

スタート地点に整列した私を含めた全校生徒は、号令のピストルが鳴るまで待機している。私の鼓動が高まっている。自分が上位入賞を必ず果たせるという期待と、最後まで走りきれるかどうかという不安が複雑に絡みあっている。

龍太郎の姿が前の方にちらりと見えた。きっと彼も、上位入賞を目指して走るのだろう。今年は、昨年よりも順位を上げられるか否か。私は、彼にも期待と不安の両方の感情を抱いていた。

「位置についてー」

私の身体じゅうに緊張が走った。

「よーい」

次にじっと前を見つめた。

パンッ。

ピストルの乾いた音が、私の耳に時間差で鳴り響いたと同時に全校生徒が駆け出した。

私は、無我夢中で走り出した。

とりあえず今は、最後まで真剣に走って、ゴールに辿りつこう。そんなことを考えていた。


序盤のうちは、マイペースを心がけて走った。

北見翔陽高校の強歩大会のコースは至ってシンプルである。十五キロ先に中間点があって、そこは街中から外れた山中の中腹くらいに位置する。その中間点まで走ってから、来た道をそのまま戻ってくるという設定になっている。つまり、自分より速い生徒とも、遅い生徒とも、すれ違うことができるのだ。

先頭は、我が校が誇る陸上部の長距離の二年生エース、池松くんあたりだろうか？　龍太郎とは、どの辺ですれ違い、何番目あたりを走っているだろうか？　私は、女子の部で何番目を走っているだろうか？　一年生時のクラスメイトで特に仲の良かった、皐月と瑞紀。二年生時のクラスメイトで特に仲の良かった、さくらと萌乃。そして三年目は、萌乃とはクラスが分かれたが、さくらとは引き続きクラスが一緒だった。彼女たちとすれ違ったら、ハイタッチをしようと約束していた。果たして彼女たちを見つけることができてハイタッチができるだろうか？　色々な考えが頭の中を巡っていく。

強歩大会は、五キロごとに北見翔陽高校の父母の会の人たちが、ボランティアで水やスポーツドリンクを配布している。中間点では、クリームパンやジャムパンなどの菓子パンや、お汁粉とそうめん、そして生徒一人一人が各自で持参した水筒の中に好きな飲み物を入れてきてもいいという「お楽しみドリンク」が供されるエリアがあった。

優勝を狙っている生徒は、菓子パンやお汁粉、そうめんなどには目もくれずに、すぐに走り去ってしまう。逆に、ハナからやる気のない生徒は、これらを目的に走って、存分に堪能した後で、リタイアした生徒たちを収容するマイクロバスに率先して乗りこんでしまう。

私は、シンプルな白いステンレス製の水筒の中に、はちみつレモンを入れてきた。昨日から水とレモン汁とはちみつ、そして少量の塩を、味が全体に染み渡るように一晩じゅう置いておいた手作りのものだ。それを龍太郎にも持参させている。きっと彼の渇いた喉もばっちり潤してくれるはずだ。

秋の陽射しがかなり強くなってきた。熱中症にならないように注意しながら、一生懸命頑張っていた。

先頭の生徒が、チーター並みの猛スピードで駆け抜けていった。やはり池松くんだった。彼は、今年の高体連の地区予選の三〇〇〇メートルと五〇〇〇メートルをぶっちぎりで優勝し、北海道大会でも、三位入賞した。しかも全国大会の派遣標準記録を僅か三秒足りないくらいで駆けることのできる実力者だ。まだ二年生ということもあり、これからの活躍が期待される後輩だった。

かなり前の方を走っていた龍太郎ともすれ違った。

「愛菜手作りのはちみつレモン、美味しかったよ！」

龍太郎の大きな声が聞こえてとても嬉しかったし、私もいち早く中間点まで辿りついてはちみつレモンを飲みたいって思った。

女子の部の先頭とすれ違う。同じ三年生の隣のクラスの子だった。

一人、二人、三人……。女子生徒の数を頭の中で数えていく。

そして中間点まで辿りついた。山中の中腹の中間点は、住宅街に比べると場所的な関係もあるのか、少しだけひんやりとして束の間の暑さしのぎにはちょうどいい。

それまでに私がすれ違った女子生徒は五人。つまり私は、今現在六番目を走っているということになる。しかも三番目以降にすれ違った女子生徒三人は、明らかにオーバーペース気味で、ヘロヘロな状態だった。このままのペースを保って走っていけば、三位以内にジャンプアップできる。

——よし、このままのペースで頑張ろう。

私は、強く決意を固めた。

「愛菜ちゃん、すごいじゃない！　女の子の中だったら、六番目だから、頑張んなさいよ！」

中間点のエリアでボランティアをしていた、さくらの母親に声をかけられた。さくらとは、二年生のころからずっと仲良くしてきたから、さくらの母親にもずっと優しくしてもらっている。

「はい、わかりました！」

私は大きな声で返事をして、私が自ら用意したお楽しみドリンクが入っている、白いステンレス製の水筒を受け取った。水筒のふたを取って、口をつける。

するとここでもとんでもないトラブルに見舞われてしまう。

「グヘッ！」

はちみつの優しい甘さ、レモンのほんのりとした酸っぱさ、薄い塩味が、じわりと舌に広がる味を想像してぐびぐびと飲み干す……、はずだった。しかし、ものの見事に裏切られた。

白いステンレス製の水筒の中に入っていたのは、かなりの塩味が効いたものだった。

私は不思議に思って、水筒の中身を地面にどぼどぼとこぼしていった。何故か茶褐色の液体だった……。

中身は、醤油だった。何故かはちみつレモンが入っていたはずの水筒の中に、誰かが醤油を混入していた。

しかも水筒の中から、がさがさと固体のようなものまで入っている音がする。

私は、水筒を逆さまにひっくり返して、底を強くばしばしと叩いた。

すると。

「うぎゃあああぁッ！」

今度は何と、かぶと虫に蝶々、バッタにコオロギにコガネムシといった大量の虫の死骸が出てきた。言うまでもないが、私のお楽しみドリンクは、虫の死骸入りの醤油なんかじゃない。特撮映画に出てくる怪獣でもあるまいし、そんなものが「お楽しみ」になるはずがなかった。

「ちょっと……。まさか愛菜ちゃんが、こんなもの入れないわよねぇ……」

さくらの母親が、怪訝そうな眼差しをした。しかし、すぐに手元にあったペットボトルの水を差し出してくれた。

「愛菜ちゃん。これ飲んで、最後まで頑張ろう」

そう、優しく声をかけてくれた。

私は、大きく頷いた。そして気を取り直して、クリームパンをひとかけらだけ齧って、復路へ走り出した。


秋の陽射しが、かなり強かった。

強歩大会に取り組んでいる北見翔陽高校の全校生徒の体力を容赦なく奪っていく。

往路を走っている段階で、つまり中間点に辿りつく前に、おおよそ三割もの生徒が、暑さによる熱中症や脱水症状でリタイアしていた。ここ数年では、例にないくらいの不測の事態だ。

私も表彰台を目指して頑張っていた。

さくらの母親にも水を貰ったし、途中で皐月や瑞紀、さくらや萌乃ともしっかりとハイタッチをした。彼女たちも「愛菜、頑張れ!」って応援してくれた。彼女たちの分まで頑張らないと。

しかし何が起因したのかは、不明だった。しいて言えば、秋の陽射しで身体が火照ってしまったのか、それとも中間点で飲んだ虫の死骸入りの醬油で走りのリズムを崩されたのか。全く見当もつかなかった。徐々に体調も走りのリズムも崩れてきた。頭がボーッとしてきて、思考回路が全然回らない。ふくらはぎが痙攣して歩けない。呂《ろ》律《れつ》も回らなかった。

そしてついに、眩暈《めまい》がして、道端の路肩に倒れこんでしまった。せっかく三位以内にまでジャンプアップさせたのに、そのことを考えただけでも、とてもショックだった。

しかも教職員たちの連携ミスも重なり、結局リタイアした生徒たちを収容するマイクロバスに拾われるまでにかなりの時間を要した。

その間にも、たくさんの生徒が心配してくれた。

後から追いかけてきた、太一にも、皐月や瑞紀、さくらに萌乃にも、心配する声をかけられた。

「大丈夫？」

すごくありきたりな言葉だった。だけど下手に飾られた言葉よりも、単純でシンプルな言葉の方が、ぐっと心に届く気がした。

そしてかなり後ろの方を走っていた春香、そして紗英と葉子にも鉢合わせた。やはり彼女たちは違った。

「ヤリマン女のやつ、こんなところでひっくり返ってやんのー。前の日にセックスなんてするから、バチが当たったんだよー。マジでこの世から消えちまえばいいのにねー」

私の心の中を踏みにじるように、捨て台詞を吐いて去っていった。

とても苦しかった。とても悔しかった。しかし今自分が置かれている現状を受け入れるしかできない。

私の最後の強歩大会は、とてもやりきれない思いが残る結果となった。

「水筒の中に、虫の死骸が入った醤油が混入されてたんだって？」

龍太郎は、真面目とも、冗談とも、どっちとも取れない口調で聞いてきた。

龍太郎と私は、強歩大会を途中リタイアした生徒が休憩するスペースとして設けられた体育館の中にいた。ゴールした生徒から順番に帰ってもよいことになっていたが、龍太郎が私のことを気にかけてずっと待っていてくれたらしい。

龍太郎は、全体の十三番目でフィニッシュしたらしい。表彰もされなければ、賞状も貰っていない。しかし全校生徒が七〇〇名余りいる中での順位を考えると、かなりの快挙だ。

「うーん、まあねぇ。でもいつ、誰が、どのタイミングで入れたか、全くわかんないんだよねぇ」

「野木さん……」

「ちょっと、やめてよッ！」

龍太郎が犯人を名指ししたことに、私は彼の言葉を遮った。

「だってそれ以外に考えられないでしょ？　他の人が愛菜の水筒の中に醤油を混入する理由がないし」

「無差別に悪戯《いたずら》しようって他の誰かが企んで、それがたまたま私のものだったということも考えられるでしょう？」

「まぁ、それも考えられなくはないけど……。もしそうだとしたら、かなり悪質な悪戯だけどね……」

「確かにそうだけど……。とにかく野木さんがやったっていう確証はないんだからさ……」

それから龍太郎と私は、しばらく黙りこんだ。

私の症状は、比較的軽いもので、西村先生から貰ったパウチタイプのゼリードリンクとか、塩飴とか、カステラとかを口に含んでいくうちに体力も回復していった。中には、救急車で最寄りの病院まで緊急搬送された生徒も十数人ほどいたそうだが、一時療養や点滴などの処置で済む程度で、重篤《じゅうとく》になるような生徒は一人もいなかった。

「そういえばだけどさ……」

龍太郎は、思い出したように話を切りだした。

「愛菜が作ってくれたはちみつレモン、とても美味しかった」

龍太郎は、わざわざ自分のかばんの中に入っている大きめの水色の水筒を取り出してから言った。

「ううん、どういたしまして」

「愛菜、結局自分お手製のはちみつレモン飲めなかったんでしょ？　まだ余ってるからよかったら飲みなよ」

龍太郎は、自分の水筒を私の目の前に差し出した。

「本当？　ありがとう。私、自分で作ったの飲めなかったからさぁ。いつの間にか、中身捨てられてるんだもん」

私は、俯き加減に言った。

「いただきます」

と小さく呟いてから、はちみつレモンを飲んだ。

はちみつの優しい甘さ、レモンのほんのりとした酸っぱさ、薄い塩味がじんわりと舌に染みこんだ。保冷機能付きのものだからだろうか。かなりの時間が経っているはずなのに、未だにひんやりとしていて、火照った身体には持ってこいだ。

「美味しい。これ作った人、天才だと思わない?」

「それ自分で言う?」

龍太郎と私は、互いの顔を見て微笑んだ。

私はとても悔しい結果になったけど、彼が一生懸命頑張ってくれたから、納得できた。

時計は、午後四時前を示していた。

強歩大会が無事終了してから、三日後の木曜日。

本来ならば休みの日である、日曜日と祝日の月曜日が、強歩大会前日の準備と本番のため登校日となったので、振替休日として、火曜日と水曜日の二日間が休みになった。つまり、強歩大会終了後、初めての登校日だった。

いつもと変わらずに龍太郎と私が登校してから、私は割とすぐにトイレに行きたくなったので向かった。

トイレで用を足してから、洗面所に向かった時だった。

春香が、何かを取り出してそわそわと洗面所の横に設置されているゴミ箱に捨てるところに鉢合わせた。その何か捨てようとしたものの正体がちらりと見える。

醤油のペットボトルだった。

春香が、何故かトイレのゴミ箱に醤油のペットボトルを捨てていた。そして私は、その場面をしっかりと見ていた。いや、見てしまったというべきだろうか。

市販されている大きいサイズの醤油のペットボトルを学校に持ってくる人なんて普通に考えるとまずいない。弁当のおかずに入れるために持ってきたと言っても不自然ではないとは思うが、サイズからしてもあまりにも不自然だ。直方体か金魚の形をした、弁当箱に入るくらいの小さいサイズの醤油さしに入れて持ってくることが一般的だと思う。つまりこれが、先日の強歩大会で起こった私に対する「悪質な嫌がらせ」の「証拠」ということになる。

私は何事もなかったかのように、急いで彼女の横で手を洗い、ハンカチで手を拭いて、トイレから出ようとした。

トイレのドアがぎーっと軋む音を立てる。

すると背中に、何かがぶつけられたような感覚があった。

カラカラと音を鳴らして床に転がっていたのは、醬油のペットボトルだった。

私は、ちらりと後ろを振り返る。きっと春香が、ゴミ箱に捨てた醬油のペットボトルを拾い上げて私の背中に投げつけたのだ。そして彼女は、世にも恐ろしい形相で私を睨みつけると、一気にこちらに距離を縮めてきた。そして私の胸元を掴みながら、トイレの向かい側の壁の方に私を追いやると、力強く罵倒した。

「何よッ！　醬油のペットボトルが何だっていうのよッ！　全て自白してやるわよッ！　そうよ私よッ！　私がやったのよッ！　私があんたの水筒の中に醬油をブチ込んでやったのよッ！　最大級の恨みをこめて虫の死骸まで入れてねぇッ！　あんたのことが憎いのよぉッ！　いい加減、相馬くんとふっきれてよッ！　もうこれ以上私を苦しめないでよッ！」

私の顔の近くに迫った彼女の顔は、憎悪に満ちていた。もう誰が何をどう説得しても歯止めが利かなかった。

するとこの光景を見ていた龍太郎の姿が横目に見えた。龍太郎の表情がこわばっている。

龍太郎は、床に切なそうに転がっている醬油のペットボトルを見て確証を得たのだろう。ずかずかとこちらに近付いてくる。私には、それが見えた。しかし私を罵倒することに夢中になっている彼女には、彼の姿は見えなかったのだろう。龍太郎は、春香の首の後ろをぐいと掴んで、私から強引に引きはがした。そして今度は、彼女を壁側に追いやって彼女との距離を縮めると、啖呵《たんか》を切るような勢いでまくし立てた。

「いい加減にしろよ、テメェッ！　愛菜が、迷惑してるんだよッ！　毎度毎度自分のことになると、あーだこーだ御託を並べて周囲に迷惑かけやがってよッ！　もうちょっと周りのことを考えて行動しろよッ！　今度こんなことがあったら、タダじゃおかねえからな、覚悟しとけよッ！」

龍太郎が……、キレた。

私が、この世に生を受けてから十八年間、ずっと彼とは家族のように一緒に過ごしてきた。些細なことで小競り合いになったことは数回あるけれど、ここまで彼がキレることなんて今の今まで一度も見たことがなかった。そんな彼が言葉でも、行動でも、ここまで変わるところなんて今まで一度も見たことがなかった。私は、その光景を目の当たりにしていた。

一方の春香は龍太郎から解放されると、放心状態に陥ったように腰を抜かしてその場にへたり込んだ。その直後に恐怖からか、放尿していた。

「龍太郎……、ありがと……」

「何が？」

「野木さんとのこと……」

「あぁ、全然大したことないよ」

十一月最初の土曜日の昼下がり。

青色と白色がグラデーションになった空が広がる、秋のとても気持ちのいい日和だった。龍太郎と私が住む住宅街界隈の道路に沿って等間隔に植えられている、いちょうの木々の黄色と橙色の葉がひらひらと落ちて、秋特有の景色を作り上げていた。

龍太郎と私は、桜町公園の敷地内で、サッカーボールを蹴りながら遊んでいた。

私の誕生会を兼ねた花見がてらピクニック以来、龍太郎が所属しているサッカー部が高体連に向けた公式戦のため毎日のように練習漬けだったり、龍太郎と私が喫茶店でアルバイトを始めたり、何かと都合があわなかった。龍太郎と一緒に桜町公園で、サッカーボールを蹴って遊ぶこともとんとご無沙汰だった。

久しぶりに互いの休日が重なったので、桜町公園で一緒にサッカーをしようということになった。

「何かこうやって二人で向き合ってサッカーボールで遊ぶのって久しぶりだね」

「そうだね。最近何かと忙しかったし。サッカーやるには絶好の日だよね」

私が言った台詞に、龍太郎は朗らかに返した。

向こうが蹴ったサッカーボールをまた向こうに蹴り返して、向こうが蹴ったサッカーボールをまた向こうに蹴り返して。いつものように繰り返し遊んでいる。

龍太郎が持ってきたサッカーボールは、今年の夏祭りで輪投げの景品として貰った小学生用の練習ボールだった。新品プラスいつもより少し小さめということもあり、私の足になかなかフィットしないことに苦労しながら蹴っていた。

「龍太郎も怒ることがあるんだって思ったんだよね」

「え？　何のこと？」

「龍太郎って普段あまり怒ったりとかしないじゃん。今までずーっと十八年間かかわってきたのに、温厚で、実直でさ。龍太郎の裏の顔を見たような気がした」

「何だよ、それ」

きっと彼にも、「限界の閾値《いきち》」というものがあるのだ。喜怒哀楽という感情があるというのだろうか？　彼もまた人間なのだというところを知れたような気がした。

「そうだ。ウチの母親がさ、今の季節にピッタリだからって、おはぎを持たせてくれたんだ」

龍太郎は、はっと思い出したように呟いた。

ある程度身体を動かしたせいか、小腹が減ったのを合図に、龍太郎は私の「定位置」に置いてあった麻のトートバッグからタッパーを取り出した。

粒あんときな粉のおはぎが陳列してある。

「すごいねぇ。これ、龍太郎のお母さんが作ったの？」

「そうだよ。何か今朝から台所がすごい賑やかになっててさ。何してるのかな？　って思ってたら、これ作ってたみたい」

私は、粒あんのおはぎを手に取った。私は、こしあんよりも粒あんの方が好きだ。適度に粒の存在感があって、噛みごたえのある方が好みだからだ。もち米の柔らかさの塩梅《あんばい》とあんこの優しい甘さが絶妙にマッチしていた。

「ぬおー、すんごい美味しい」

「変な感想だなぁ」

「えー、『すんごい美味しい』って普通のことでしょー？」

「そっちじゃないよ。『ぬおー』って何だって言ってるの。そんな感想聞いたことない」

龍太郎は、きな粉のおはぎを口にしていた。

秋の香りがする心地よいそよ風がさっと吹いた。とても気持ちよかった。

私は、次にきな粉のおはぎを手に取って食べた。


十一月最初の週の水曜日。

いよいよ北海道にも本格的な冬が訪れるころ。どんよりとした鉛色の厚い雲が空全体を覆っている。そこまで寒い日ではないはずなのに、厚い雲で覆われているせいか、余計に寒さが身に沁みる日だった。

　春香が龍太郎に注意された一件があって以降、春香もすっかり改悛《かいしゅん》して大人しくなった。クラス全体が落ち着いていて、平和な雰囲気だった。次第にクラス全体が笑顔で満ち溢れている、そんな毎日が続きつつあった。

　そんな中、春香にとっては、窮地に追いこまれるような事件が勃発した。

　いつもと変わらずに龍太郎と私が、一緒に登校して教室に入った。

　するとクラスメイト全員が、内緒話をするみたいにひそひそと話し合っていた。

「ちょっと、あれ見てみてよ」

　先に登校していた太一が、龍太郎と私に黒板を見るよう、指示してきた。

　春香が、不特定多数の男の人とラブホテルの中に入っていく写真が、黒板全体を埋め尽くすように何枚も何枚も貼られていたのである。

　春香と一緒にラブホテルに入った男の人は、会社の重役らしきハゲ頭で小太りのおじさん、ホストの風貌をした茶髪ロン毛のイケメンの若いお兄さん、そして私たちの体育を担当してくれている小比類巻先生など、私が簡単に確認できただけでも四、五人はいた。とにかく様々な男の人と濃密な関係を持っていたらしいということは、黒板に貼られている写真からでも、充分に伝わってきた。

つまり夏休み前に拡散していた情報は、この写真によって証明されたことになる。

私は、少しばかり驚きながら、黒板全体に貼られている幾多もの写真を眺めていた。

すると春香たちのグループが一緒に登校してきた。

スキャンダルのネタの当事者である春香が教室にあらわれると、クラスメイト全員が、まるで悪者を批判するように更に身を寄せあってひそひそ話を繰り返していた。

春香は、黒板に貼ってある幾多もの写真を目の当たりにした。

その瞬間、彼女の身体は震えていた。まるで黒い霧が造形した魔物か何かに取り憑かれたようだった。もはや彼女は、心ここにあらずといった表情を浮かべていた。

「いやぁぁぁぁッ！」

まるで地鳴りが起こったかのような大声を出した。それと同時に、彼女は一目散に教室の外へ駆け出した。


「来ないでよ」

春香が教室から一目散に駆け出して向かった場所は、校舎の屋上の端にある、転落防止用の柵の近くだった。

柵を跨いで、一歩間違えて足を踏み外すと、四階建ての校舎から転落必至だ。

「野木さん、待って！」

　後から追いかけてきた、西村先生が叫んだ。その後ろから、龍太郎と私、小比類巻先生。騒ぎを聞きつけて飛び出してきた教職員やクラスメイトたちも数人来ている。

「早まらないで……」

　西村先生は、半泣きになっていた。

「私……、小学生のころからずっといじめられてたの……。生卵を投げつけられたり、トイレに入ってる時に水をかけられたり、上靴を刃物でズタズタにされたこともあったし、机の上に油性マジックで悪口を落書きされたこともあった……。ずっと苦しくて、悲しくて、泣いてばかりの毎日を過ごしてきたの……」

　春香もまた、半泣きになっていた。

「悔しかったのよぉッ！　過去に私をコテンパンにいじめたヤツらと同じ立場になって、誰かを私と同じような目に遭わせたかったのよぉぉぉぉッ！」

　きっとそのターゲットに選ばれたのが、私だったのだ。

　私は、ふと遠い昔のことを思い出していた。小学校二年生の新学期。ずっといじめられていたクラスメイトの女の子がいた。

　体格も小柄で、華奢な子だったし、何をされても自ら抵抗したり、反発することができない子だったと記憶している。殴られたり、蹴られたり。顔じゅうに、身体じゅうに、あちこち傷や痣《あざ》を作っていた。「バカ」、「アホ」、「死ね」の言葉の暴力は、日常茶飯事だった。栄養失調気味に見えるからと、栄養ドリンクを頭の上からかけられたり、小麦アレルギーなのに、菓子パンを食べさせられたりして、身体じゅうに蕁麻《じんま》疹《しん》を作っていたこともある。

そんな彼女に救いの手を差し伸べた、他のクラスメイトの女の子がいた。しかしありがちなパターンで、それが原因でその子もいじめグループの目の敵になって、一緒にいじめられるようになってしまったのだ。本当のところ、私自身も当初からいじめられていた女の子を助けてあげたかった。しかし救いの手を差し伸べた別の女の子のような目に遭うのを恐れてしまって、何もできないまま見て見ぬフリをしてしまったのだ。

結局、当初からいじめられていた女の子は、同じ年の夏ごろに父親の転勤をきっかけに東京の方へ引っ越してしまった。それからは、いじめの件はあっけなく収束した。それからというもの、彼女のことは、まるで何事もなかったかのように誰も口にしなかったし、彼女の存在自体も時間の経過と共に忘れ去られていた。

今ごろ彼女は、元気で過ごしているのだろうか？　ふとそんな考えが、頭の中をよぎった。順調に日常を過ごしているのであれば、私と同じ十八歳になっているはずだ。また引っ越し先の新天地でいじめに遭っているのか。それとも気の合う友達を作って、毎日を楽しんでいるのか。

私は、彼女に何もしてあげられなかったこと、いじめがあってはならないことと理解していながらも、見て見ぬフリをしてしまったことを後悔した。それをいくら理解したところで、何も行動にあらわさずにいたのならば、直接いじめにかかわってないとはいえ、いじめグループと同類だ。

私は、彼女に何もしてあげられなかった過去を振り返りながら、罪悪感に苛《さいな》まれていた。

「野木さん、こっちに戻っておいでよ！」

ふと我に返ると、龍太郎が彼女を説得していた。

「俺さぁ、確か小学校二年生くらいのころだったと思うんだけど。そのころの野木さんと同じようにいじめられてた女の子がいたんだよ。体格も小柄で、華奢な子でさぁ。俺は、その時何もしてあげられなかった自分がとても惨めで、情けなくて、仕方がなかったんだ。結局、その子は遠くに引っ越しちゃって、今は何やってるか全然わからないんだけどさぁ。だから俺は、自らが失敗した同じ過去を二度も繰り返したくないんだよ……。だから……、だから……」

龍太郎は、そこから先が続かなかったようで、次に出したい言葉が喉の奥でつっかえていた。

彼もまた、私がたった今考えていたことと同じことを考えていたのだ。

私だってそうだ。いじめられていた彼女に、何もしてあげられなかったことがただただ悔しかった。そして結局、彼女が引っ越してしまったことで、それ以来疎遠になってしまった彼女にも後ろめたさを感じていた。自分にとっての悔やんでも悔やみきれないくらいの失敗を、二度も繰り返したくないという気持ちも本心だった。

そして今の状況が状況だ。スキャンダラスな写真を教室の黒板に何枚も貼られたことが、きっと過去の彼女の情景をフラッシュバックさせてしまったのだろう。私は、今度こそ救いの手を差し伸べて、一緒にいじめられていた女の子の立場になる番だと思った。周囲から疎ましがられている春香を助けたことで後からいじめられたって、どうってことない。春香が抱えている苦しみや痛みに比べたら、私の過去の傷なんて大したことない。

しかし——。

「私は、もうこれ以上駄目なのよ！　もうこれ以上耐えられないの！」

春香は、癇癪《かんしゃく》を起こしていた。

すると春香は、柵を乗り越えた。足を目いっぱいに高く上げれば、跨げる高さだ。私たちの方を向いて、柵を両手で持っていて、柵の向こう側に彼女の姿が見えていた。彼女の上靴のつま先くらいしか屋上のへりに接していない。一歩間違えて踏み外しでもすれば、一気に地面へ真っ逆さまだ。

「野木さんッ！」

西村先生は、思いきり叫んだ。

「近寄らないでッ！」

強い風がひゅー、という低い音を立てた。

この時期の北海道は、日中とはいえ、寒さが身体の芯にまで沁みる。春香が、一日散で外へ駆け出したものだから、私たちはジャンパーやコートを着ていない。それもあるから尚更だ。周囲にいる私を含めた全員が、寒さで口から漏れる息が白くなっている。雲が低い。鉛色の曇天のせいか、遠くの景色が霞んで見えた。

「春香ちゃん！」

今度は小比類巻先生が口を開いた。

「春香ちゃん……。こっち来てよ……。飛び降りちゃ駄目だよ……」

いつもの体育教師らしいはきはきとした口調は、いつの間にか封印されていた。

「春香ちゃん……、今までずっとつらかったんだよね……。僕もどこまで春香ちゃんのことを守ってあげられるかわからないけれど……。だから春香ちゃんが、半年後に卒業したら、僕と結婚しよう……」

小比類巻先生の春香に対する口の利き方は、みんなが知らないところでひそかに付き合ってるような口ぶりだった。しかし彼女の中では、見解は違ったようだ。

「……勘違いしないでよね。あなたとは、単なる夜だけの関係でしかないのよ……。股開けば、金出してくれる、『金づる』でしかないのよ。あなたなんか、ヒモなのよ、ヒモ……。しかも私は、他の男とも色々と関係もってるし。しかも私には、他に好きな人がいるの。普通に付き合ってるみたいな言い方してるけど、気持ち悪いからやめてくれない」

小比類巻先生は、期待していた答えと違っていたことに面食らって唖然としていた。しかも彼女と関係を持っていたという秘密を彼女に公にされて気まずくなったのか、ぎくっとした表情をした。

春香が教室を脱走してから、どれだけの時間が経過しただろうか?

教室待機を命じられた七〇〇名余りの全校生徒が、教室の窓から上を窺って心配している。校長先生を始めとする残りの教職員たちも、校庭付近のグラウンドに集まって彼女のことを心配そうに見守っている。

正に究極の心理戦だ。

今度は私が口を開く番だった。

「野木さん……、落ち着いて……」

私は、彼女を必死になだめた。鉛色の寒空のもと、身震いしながら懸命に声を絞り出す。

「野木さん、死んじゃ駄目。まだまだこれから色々楽しいことがあるよ。来年からは、私たちまた一つ大人の階段を上れるんだよ。また色々な新しい世界が私たちのことを待ってるんだよ。そしたらいずれ素敵な男の子と出会って、恋をして、結婚して、子供を産んでさ。今野木さんが、たくさん悲しんだり、たくさん苦しんだりしたぶんだけ、楽しいことや幸せなことがこれから待ってるんだよ。だから……」

私はそこまで言い終えた。しかし春香は、首を横に振った。

「駄目だよ……。もう駄目なんだよ……。もし仮にここで助かったところで、柴山さんのことを絶対に嫌な目に遭わせないっていう保証はどこにもない……。私って、急にスイッチが入ったかのように、すぐにわがままになっちゃうし、ヒステリー起こしちゃうし。直したくても、直せなくって。親もかなり手を焼いてたようだったのよ……。だから私は、生きてる価値なんてどこにもないんだよ……」

彼女の目から、一筋の涙が頬を伝っていた。

「さよなら……」

ついに最期を迎えるような台詞が彼女の口から滑り出た。私は、彼女を説得する台詞を、頭の中にある引き出しからあれこれ必死に探す。

「そうだ！　今度一緒に私がアルバイトしてた喫茶店に行ってパフェでも食べようよ！」

私は、彼女の興味を引くような言い方をした。

「ほら、野木さんが大好きなミルクチョコレートがいっぱい入ったチョコレートパフェ。とても美味しいんだよ。チョコレートアイスにチョコレートソースにチョコレートケーキ。一番上には、チョコレートプリンも板状のチョコレートプレートも載ってでさ。それだけじゃないんだよ。バニラアイスやアーモンドアイス。フレッシュないちごと、バナナにもものコンポートも入っててさ。チョコレートだけじゃなくて、色々な味のアイスに果物もたくさん載ってるんだよ。超スペシャルなパフェでしょう?」

彼女がうっすらと微笑んだ。まるで私が今言った夢のようなパフェを食べてみたいと訴えているようだった。

彼女の両手に目をやると、ずっとステンレス製の柵を握っていたからだろうか。手のひらが赤くなって、しもやけのような状態になっている。彼女の体力的に考えても、限界が近付いてきたみたいだった。

「柴山さんが、今言ったチョコレートパフェ食べてみたいな……。紗英や葉子も一緒にさ……」

「うん、そうだよ! そうしようよ!」

彼女が、柵を跨いでこちらへ向かって足を上げようとした時だった。

ふと上空を見上げると、雪がちらちらと降ってきた。

急に寒さが身に沁みてきて、周囲の全員がぶるぶると震え出していた。

次の瞬間。

「あっ！」

春香が一つ叫んだ。

彼女のつま先が、接していた屋上のへりから滑り落ちる。彼女は、華奢な身体を支えようと、必死に柵を両手で掴んでいた。しかし彼女の二本の細腕だけでは、自らの体重を支えきれなかったようで、柵から両手がするりと離れた。そして彼女の身体がふわりと宙を舞った。

「野木さぁぁぁぁぁんッ！」

私は、今まで出したことがないくらいの悲鳴をあげていた。懸命に大声をあげたはずなのに、私の耳には私の声は聞こえなかった。

屋上に居合わせた私を始めとする、龍太郎、西村先生、小比類巻先生、他のクラスメイトや教職員が、一目散に駆け出して、柵越しに下を見下ろした。

春香は、地面に激突していた状態で横たわっていた。彼女は、ぴくりとも動かなかった。

そして彼女の周囲には、緋色の血液の水溜りが広がっていた。

春香の一件があって、その日の授業は、全て中止になった。

時刻は、午前十時近くになっていた。

七〇〇名余りの全校生徒が体育館に集合して、臨時の全校集会が行われた。

不謹慎にも、春香が横たわっているグラウンドの方を見て、興味深そうにする生徒がいたり、自らの高校で自殺者が出たことによる精神的ショックから立ち直れない生徒がいたりした。

「先程、我が校の三年C組の生徒一名。不慮の事故により、命を落としました。これよりここに集まった生徒全員が、速やかに下校という措置を取ります。くれぐれも不用意に外に出歩くことのないようにしてください」

ステージに上がった校長先生が言った。

ふと私は、彼女の最後の姿を想起していた。

ひらひらと舞うストレートロングの黒くて長い髪、涙で滲んだ真っ赤に充血した切れ長の瞳、筋の通った鼻、ラメ入りの淡いピンクのグロスで飾られた真一文字に結ばれた口元、いつもうっすらと紅色に染まった頬、きりっと引き締まった表情、細身の体格。

私は、果たして彼女は望んで身投げをしたのか。ふと疑問に思っていた。

確かに、彼女が死ぬ直前まで、「これ以上耐えられない」とか、「生きてる価値なんてどこにもない」とか、「さよなら……」とか、死へ向かうことを望むような台詞を次々に並べていた。

しかし最終的には、私の説得に多少応じてくれるような場面もあった。「チョコレートパフェ食べてみたい」とこちらの方に足を踏み入れようとしていた。しかしそこへ雪がちらちらと降ってきて、緊張が緩んだところで誤って足を踏み外してしまったように見えてならなかった。しかも彼女は、これから飛び降りるような合図は送っておらず、「あっ！」と自らの不注意というか、ちょっとした気の緩みが引き起こした事故のように思えてならなかった。

しかし彼女の自殺を食い止めることができなかったのは、変えることのできない事実だ。クラスメイトの自殺を食い止めることができなかった自分の至らなさを痛感した。

全校生徒が、体育館に整列している。私は、端の方で二列に横並びになっている、教職員の中にいる西村先生の顔をちらりと見た。

西村先生の顔は、涙で泣き濡れていた。確か西村先生は、私たちが入学と同時に新任教諭として入ってきて、今年で三年目だったような気がする。教員としても、社会人としても、まだまだ日が浅い西村先生にとっては、つらい経験になったのだろうと思う。

「なぁなぁ、柴山って野木が近くで落ちるところ見てたんだろ？　どんな死に様だったんだよ？　俺って、ミステリー小説とかすげぇ好きなタイプだから、気になってしょうがないんだよねぇ。ちょろちょろっとでも教えてくんねぇかなぁ？」

隣に整列していたクラスメイトの男子に、そんな質問を投げかけられた。今の状況を考えても、絶対に場違いな質問であることは明白だ。

私は、その質問には答えずに彼のことを睨み返した。

「うわぁ、怖いなぁ……。そんな顔しなくてもいいのに……」

彼は、訝しげな顔をしていた。


「野木さん、何で死んじゃったんだろう？」

臨時の全校集会は、二十分くらいで終わった。

時刻は、午前十時半を過ぎたころだった。

体育館から教室へは戻らず、直接生徒玄関まで行き、靴を履いて、校庭から校門へ、そして高校の敷地の外まで出た帰り道。龍太郎が、ぽつりと呟いた。

きっと好意を寄せていたクラスメイトの男子にすごい剣幕で咎《とが》められたこと。彼女が不特定多数の男の人とラブホテル通いをしていた証拠の写真を学校じゅうにバラまかれるという二重苦を味わわされたことが起因しているのかな？　って思った。でも、彼女の中で衝動に駆られた引き金になったのは、きっと後者だろう。

「俺が、あの時、あんな風に、怒らなかったら、こんなことにはならなかったのかなぁ……」

彼が口にしているのは、私が春香から醤油のペットボトルを背中に投げつけられた事件のことを指している。つまり前者だ。それはすぐに理解できた。

「そんなことないよ……」

私は、彼を慰めたり庇《かば》ったりする言葉を出すことで精いっぱいだった。これ以上、何かを口にしたら涙で言葉が詰まってしまう。

それにしても、春香の自殺の直接的な要因になったであろう、彼女が頻繁にラブホテル通いをしていたという決定的な証拠写真を黒板に掲示したのは、一体誰なんだろう？　ふとそんなことを考えていた。

勿論、犯人を特定したところで、その人を問い詰めようとかしたいわけではない。探偵でもないんだし、犯人捜しをすること自体あまり好ましくないことなのだろう。しかしふと気になってしまったのだ。

「私さ……、野木さんと仲良くしたかったんだよね……」

私は、ぽつりと呟いた。

「ほら龍太郎もさっき言ってたじゃない、小学校二年生の時にいじめられてた女の子のこと。彼女のことを覚えてたんだ、って」

今となっては、名前すら出てこない彼女のことを口にしていた。

「私、悔しかったの。昔いじめられてたあの子のことを救ってあげられなくて。ずっと後悔してた。だから野木さんが、今回ああいう形で追いこまれたのを目の当たりにして、野木さんの力になりたいって素直に思えたんだよね。でも駄目だった……」

私は、嗚咽を漏らすように泣きじゃくっていた。とても苦しくって、つらくって、悔しくって。身体じゅうの隅々から、苦々しい何かがふつふつと込みあげてきた。

校庭から校門に向かう時、ブルーシートに覆われたままの状態で横たわっていた彼女の姿があった。果たして本当に彼女のことを助けてあげられなかったのか、本当に彼女のことを救ってあげられなかったのか、今となっては、その答えは宙ぶらりんだ。

「もう大丈夫だよ。結果として、仕方のないことなんだよ。俺だって悔しいし、悲しいよ。でもいつまでも下は向いていられないんだよ。一日でも長く生きることが彼女に対する供養の一つになるんじゃないかな？」

彼は、そっと私の手を握ってくれた。

私は、彼の手を強く握り返した。

そうだ。いつまでも下を向いていられないんだ。もっともっと強くならないと。頑張らないと。天国にいる春香にまた馬鹿にされてしまう。

ずっと降り続いていた雪が、うそみたいにやんでいた。

しかし私にとってもっと最悪の事態が近付いていることを、この時点ではまだ知る由もなかった。

春香が亡くなってから二週間ほどが経過した。十一月中旬の月曜日の朝のホームルームの時間だった。

春香の一件から、三日ほど臨時休校とすることが職員会議で決定して以降、クラスの雰囲気も徐々に快方に向かっていった。

「そろそろ冬休みに入ります。冬の時季は、路面が凍結して滑って転びやすいですし、車の事故なども起こりやすくなります。皆さん、くれぐれも事故などを起こさないように気を付けて過ごしましょう」

まるで小学生に諭すような口調で、教壇に立っていた西村先生が朗らかに言った。あの事件直後の、精神的に動揺していたころと比べても、だいぶ活気に満ち溢れているような顔つきをしている。

「野木さんが亡くなってからしばらく経ちました。せっかくなので、みんなでメッセージを書いた色紙でもご自宅にお届けしようかな？　って思ってます」

春香の通夜も告別式も、春香の両親の意向で近親者だけで執り行われたみたいだった。私を始めとするクラスメイトは参列することはなかった。

「色々と大変お世話になりました。本当に世話の焼ける娘ですみませんでした」

春香の両親は、自分の子供を亡くしたというのに、文句を言うどころか、迷惑をかけてしまったという罪悪感からか、西村先生とクラスメイト全員に菓子折りを差し入れてくれた。

このこともあってか、このころになるとクラスメイト全員が、あれだけ春香に対して敬遠していたのに、彼女に対するマイナスイメージもだんだんと薄れていた。クラスメイトを亡くしてしまったという喪失感が教室全体を包んでいた。全校集会の時に、隣に整列していた好奇心旺盛なクラスメイトの男子も、すっかり大人しくなっていた。

春香の両親に貰った、地元のお菓子屋で販売されている、スフレチーズケーキが、西村先生からクラスメイト全員に配られる。それをかばんの中にしまうと、改めて正面を向いた。

私は、いつも春香と一緒にいた、前後に並んでいる紗英と葉子の席の方を見た。紗英と葉子の席は、私の席から見て、右斜め前方の壁側の一番前と二番目に並ぶように位置している。

紗英と葉子は、俯きながら小刻みに震えていた。西村先生が、春香の話題を口にしたころからだと思う。何かとんでもないことを、何か取り返しのつかないことをしてしまった雰囲気を漂わせていた。

そして私は、彼女たちの挙動不審な様子を見て悟った。

きっと彼女たちが、春香のスキャンダルのネタをバラまいた張本人だということを。

「野木さんの色紙のことで、何か質問がある生徒は遠慮なく聞いてください。後で私のところへ個別に来てくれても構いません。これで朝のホームルームを終わります」

一方の西村先生は、気付いていないような素振りをしていた。いや、気付いているのかもしれないけど、気付いていないフリをしているようにも見えた。

朝のホームルーム終了後。

私は、紗英と葉子の席に歩み寄った。

「吉井さん、楠さん。野木さんの写真を黒板に貼ったのって、もしかして……」

私がここまで言ったところで、彼女たちは何も言わずに一目散に教室の外へ駆け出した。

しまった、と思った。

行き過ぎたことを口にしてしまっただろうか。そんなことを考えていた。

――どうか、屋上には行かないで……。

私は、心の中で唱えながら、彼女たちの背中を追いかける。

私の願いが通じたのか、そもそも彼女たち自身に死ぬ意思がなかったのか。彼女たちの向かった先は、体育館の舞台袖の下。紗英と葉子は、しゃがんで背中を丸くして、二人揃って泣きじゃくっていた。

「そんなつもりじゃなかったのよぉぉぉぉッ！　そんなつもりじゃなかった！　ただ単に憎かったのよぉぉぉぉッ！　許せなかったの！　いつもいつも私たちのことを上から目線で指図して、女王様を気取ってるのが、ムカついたのよぉぉぉぉッ！」

紗英は、声が嗄《か》れてしまうのではないか？　という勢いで叫喚《きょうかん》した。

「春香ちゃんの困ってる顔見て、嘲笑《あざわら》ってやりたかっただけなの！　それがまさかこんな取り返しのつかないことになるなんてぇぇぇぇッ！」

紗英が、大きな声で泣きじゃくっていた。

「吉井さん。泣かないで、大丈夫だよ。ただ単にタイミングが悪かっただけだよ。野木さん、龍太郎に注意されてから、割とすぐにあの写真を掲示されちゃって、二重のショックを受けちゃったんだよ。今はとても苦しいかもしれないけど、今が乗り越え時だと思う。だから何とかしてこれからも頑張ろう」

私は、朗らかに言った。

「でも……、私たち……、春香ちゃんを殺しちゃったんだよ……」

今度は、葉子が口を開いた。

「楠さん。野木さんは、きっとそんな風に思ってないよ。今の野木さんならわかってくれるよ、絶対に。衝動的な行動だったんだよ。自分の中で、感情のコントロールがうまくできなかったんだと思う。私ね、言ったの。『また新しい世界が私たちのことを待ってるんだよ』って。だから野木さんが知ることのできなかった『新しい世界』を私たちが体感して、今度また、野木さんと天国で再会した時に、『新しい世界は、素晴らしいことだらけだったよ』って報告しよう。今は強く生きるの。それが野木さんにとっての喜びになるはずだよ」

紗英と葉子の顔は、涙で崩れていた。しかしどこかしらホッとした表情を浮かべていた。

小顔で、端正な顔立ちの二人の顔が、ぐしゃぐしゃになっていた。

「柴山さん……、ありがと……」

「こちらこそ」

私たち三人は、肩を寄せて抱きあった。紗英も葉子も、私に抵抗する素振りは全く見せなかった。

私は、もらい泣きしそうになったけど、泣かなかった。

私と春香の半年ちょっとにおよぶ紛争は、最悪の結末で幕を閉じた。

私は、これからも頑張ろうって、素直に思った。

冬〜訣別

北海道にも、本格的な冬が来た。

私の自室から窓越しに外を眺めると、白銀の世界が広がっている。

すぐ目の前に見える道路は、圧雪アイスバーン状態になっている。桜町公園の敷地内も全体的に雪原が広がり、桜の木もすっかりと枯れ葉が落ちていた。

私はこの三日間、高熱で体調を崩して高校を休んでいた。

中学生の時は、卒業式に皆勤賞で表彰されたこともあるほどに、ちょっとやそっとのことでは風邪などひかない健康そのものだった私にとっては、珍しいケースだ。

私が、高校を休んでから三日目の午後三時ごろ。十二月上旬の水曜日のことだった。

私は、好ましくないとわかっていながらも、治りかけの身体に茶色のコートを羽織って、赤地のチェック柄のマフラーを首に巻いて、マスクをしてから、家を出た。ジュースやお菓子が無性に食べたくなって、コンビニまで買いに行きたかったからだ。

肌に触れる空気が刺すように痛い。ここ最近では、日中でも氷点下になることが、日に日に増えていた。

往復で十分ちょっとかかるコンビニで用事を済ませて、自宅に帰ってきた。

　母親は、朝から仕事だ。今朝は、菓子パンや総菜パン。昼には、冷凍食品の海老ピラフを温めて食べるように言われた。それ以外は、居間で適当にテレビを見たり、自室で漫画を読んだりしながら一日を過ごしていた。

　ピンポーン。

　私がコンビニから帰ってきてから、コンソメ味のポテトチップスやいちご味のグミ、ペットボトルのサイダーなどを食べたり飲んだりし終わって、自室のベッドの上でゆっくりしていた時だった。誰かが、自宅のインターフォンを鳴らした。

　母親が頼んだ宅配便だろうか？　いや、母親は、朝出かける時宅配便のことは言っていなかった。

　郵便局の書留だろうか？　いや、それも同様の理由で違う。

　自宅に用事がある人の心当たりをあれこれ考えてみたが、思い当たらなかった。

　二階の自室から、階段を下りて、玄関まで行って、ドアを開けた。

「やっほー」

　玄関のドアの先に立っていたのは、何と龍太郎だった。

「な、何してんの？」

「何してる？　って、ほら、病人のお見舞いに。一応、俺の家からバナナやら、ももの缶詰やら、スポーツドリンクやら色々持ってきたから。とりあえずお邪魔するよー」

軽い調子で言った龍太郎は、私が病人という状況なのにもかかわらず、遠慮なしにずかずかと自宅へ上がりこんだ。

「元気そうだねぇ」

「元気っちゃあ、元気だよ。おかげさまで、熱もだんだんと下がってきてるから、多分明日には学校に行けると思う」

体調を崩した初日は、三十九度オーバー。二日目は、三十七度の後半。ようやく今日になって、三十六度台の平熱まで落ち着いてきた。

「でもさぁ、病人がいるところにずかずかと上がりこんでくる人なんて普通いないじゃん？　一体、どんな神経してんのよぉ。非常識だなぁ」

「でもだんだんと熱は下がってきてるんでしょ？　だったら、いいじゃん」

そんな軽い気持ちで考えられることなのか？　って思った。

「愛菜だって、非常識なんじゃない？　つい数日前まで、三十九度オーバーで体調崩してた人間が、普通コンビニに行って買い物なんてしないでしょうよ」

龍太郎はそう言って、机の上に載っているお菓子の袋のゴミが入っている、コンビニのレジ袋を指さした。その横には、飲みかけのサイダーのペットボトルまで置いてある。迂闊にもバレてしまったみたいだ。私は、つい恥ずかしくなって赤面してしまった。このままだと、また高熱に浮かされてしまいそうだ。

「でも、元気になって何よりじゃない。明日からまた来られそうなんでしょ？」

「うん」

私は、短く相槌を打った。

「そうだ。このサイダーなんだけど、龍太郎にあげるよ。たまに炭酸系でも飲んでみようかと思って、買ったはいいけど、どうも炭酸飲むとすぐにお腹が膨れちゃってさぁ。全部飲みきれなかった」

「その割には、俺が持ってきたバナナやもも缶、めっちゃ食べてるじゃん」

「こ、これは別腹よ……」

私は、飲みかけのサイダーを彼に差し出した。彼は、嬉々としてそれを受け取った。

翌日の木曜日になった。私の風邪の具合もかなり良くなって、今日からまた龍太郎と学校に行ける。そんな喜びとは裏腹に、何故か朝から気分が憂鬱だった。

朝のニュースでは、今日の昼ごろから吹雪になるらしい。

私は、何か嫌な予感がした。これから自分にとって悲痛な出来事が起こりそうな気がしていたのだ。

朝食に、玉ねぎやピーマン、ベーコンにたっぷりのシュレッドチーズが載ったピザトーストを齧ってから、外に出た。朝八時前の北海道の空気はとても冷たい。しっかりと防寒しているはずなのに、ぶるぶると身震いするほどに外は冷えきっていた。

「おはよう愛菜」

いつもと変わらずに龍太郎が、右手を挙げながら挨拶をした。

「お、おはよう……」

これから何か嫌な出来事が起こってしまう。そんな想像をすると、自然と声がうわずってしまう。

「あれ……？　今日の愛菜、ずいぶんと元気がないように見える……。まるで春にこの桜町公園で会って、サッカーで遊んだ後の帰り道みたいな……」

「え……？　ぜ、全然そんなことないよ……。割と普通だから……」

「風邪の調子が良くないんだったら、今日も学校休んだ方が、良かったんじゃない？」

「いや、大丈夫だよ……」

適度に除雪がされている歩道をある一定の距離を保ったまま、横並びになって歩いていた。

「そういえば今日の天気予報で、正午過ぎから吹雪くって言ってたね」

龍太郎の口から漏れ出たワードを聞いて、更に何か嫌な予感がした。

「そ、そうだね……」

私の声は、震えていた。龍太郎は、まるで変な生き物でも見るかのように、私の方をちらりと一瞥したが、特に何も言わなかった。

上空を見上げると、とても綺麗に晴れ渡った青い空と白い雲。まるで正午過ぎに吹雪になるなんて、この時点では信じられなかった。

四時間目の終わりが近付くころ。西村先生の数学の授業中のことだった。

今朝までのすっきりとした青い空と白い雲の気配もすっかりなくなり、代わりに鉛色の雲がもくもくと上空全域を支配している。そして強風にあおられるように雪の勢力も少しずつ増してきた。

「うわー、降ってきた……」

私は、窓越しに外の景色を眺めるなり、無意識のうちに呟いていた。私の他にも、天気のことばかりを気にして、授業に全く集中していないクラスメイトもちらほらと見られた。

「皆さん、今は授業中ですよ。外の天気を気にしていないで、授業に集中してください」

西村先生は、はっきりとした口調で言った。

そして四時間目の授業が終わった後に、緊急の職員会議が開かれた。

そこで、「悪天候のために午後からの授業を中止して下校させる」という措置が取られることになったのだ。

帰りのホームルーム。

西村先生が、職員会議の決定事項を教壇の上で告げた。

「本当に危険な状態ですので、くれぐれも気を付けて。可能な限り集団で下校するようにしてください」

午後の授業がなくなり、早退できることにガッツポーズをする生徒、悪天候で無事自宅に帰ることができるのか心配する生徒などがまちまちだった。

「そんな浮かれ気分で帰ったら、とんでもない事故に巻き込まれますよ」

私は、またもや何か嫌な予感がした。

(とんでもない事故に巻き込まれる)

私は、自分の中で湧き起こってくる「何か嫌な予感」を急いで払拭した。

「これで、帰りのホームルームを終わります。皆さん、気を付けて帰ってくださいね」

西村先生が、はきはきとした口調でそう話すと、クラス全員が一斉に下校した。

生徒玄関から、薄茶色のムートンブーツを履いて、外に出た。もはや外は猛吹雪と化している。周囲の生徒を見回すと、顔の前に片腕をかざして風除けにしている生徒もいれば、ジャンパーのフードを被って、俯き加減に一歩一歩前を確かめるように歩を進めている生徒もいる。本当に猛吹雪の中、今自分がどこにいるのか、今自分が何をしているのか、全くわからなかった。

校庭から校門まで、向かう道を見失わないように歩く。龍太郎も私も、周囲の生徒たちを真似して、片腕を風除けにしたり、ジャンパーのフードを被ったりして歩いていた。そしてようやく校門まで辿りついた。校門を出ると、すぐ目の前に横断歩道がある。龍太郎と私が住んでいる住宅街へ向かうのに毎日のようにとおっている通学路だった。

歩行者用の信号は、赤を示していたので、一時的に足を止めた。

車道を行き交う車は、この悪天候のせいもあってか、ヘッドライトを点灯させて、いつも以上に遅いスピードで走行している。

歩行者用の信号が、青に変わった。

龍太郎と私は、前に歩を進めた。本当に何も見えない状況で、慎重に歩いていた。すると猛吹雪にもかかわらず、ヘッドライトも点灯させずに、ものすごいスピードで一台のスポーツカーが、信号無視をして横断歩道につっこんできた。

その時。

「危ないッ！」

龍太郎が、轢かれそうになる私の身体を前方に押し倒した。そして私の身代わりになるように、彼の身体とスポーツカーが激突した。

次の瞬間。

彼の身体がふわりと宙に舞い、遥か遠くの方まで投げ飛ばされた。その一瞬だけ、時が止まったように思えた。スポーツカーを運転していたドライバーは、何事もなかったかのように走り去っていった。

「龍太郎ぉぉぉぉッ！」

私は、全身を震え上がらせながら絶叫した。急いで彼の元まで駆けていく。

「龍太郎、龍太郎」

私は、雪道に横たわっている龍太郎の傍らにひざまずいた。そして彼の身体をゆすりながら、何度も何度も名前を呼んだ。彼の身体は、まだ温かい。今すぐに救急車を呼べば、助かるはずだ。パニックに陥っている私の頭が、パニックに陥っているなりにそう判断し、コートのポケットから、携帯電話を取り出した。

「お姉さん、大丈夫。救急車は、たった今おじさんが呼んだよ。それからこの男の子を轢いた車のナンバーもちゃんと覚えてるから、後で警察に捜査してもらおう」

この近辺を運転していたのであろう、黒いトレンチコートを着た中年のおじさんが、私の肩をとんとんと叩いた。自身が運転していた、黒のコンパクトカーから降りてきたみたいだった。

そうだ、その通りだ。私の頭の中でも、龍太郎を轢き逃げした車のナンバーはちゃんと控えてある。後から警察に報告して、捜査してもらえば、身元はすぐに割れるだろう。

私の目からは、自然と涙が流れていた。涙を流しても流しても、その涙が止まることは一切ない。私の顔じゅうが泣き濡れていることが自分でもわかった。

すると私の膝の上に、何か人の手のようなものが触れる感触があった。

龍太郎の手だった。龍太郎が、かろうじてまだ生きている。一刻を争う非常事態だ。

私は、ただただ救急車の到着を待った。

「愛菜……、大丈夫だった……？　急に押し倒してゴメンね……」

ひたいから血を流している龍太郎は、一つ一つの言葉を振り絞るように呟いた。

「何言ってんの？　今は私のことよりも、自分のことを心配してよ……」

「俺……、怖かったんだ……。今の今まで……」

龍太郎が、一体何のことを話しているのか、さっぱり理解できなかった。

「先日、野木さんに暴言吐いて、自殺に追いこんじゃったでしょ……？　俺のせいで彼女を自殺に追いこんで、これから先ずっとクラスメイトを亡くしてしまったという罪悪感を背負いながら生きていくことが怖かったんだ……。俺は、神様なんて信じてないけど……。もし神様がいるのであれば、これは神様から下された俺に対しての天罰なんだろうなぁ……」

　龍太郎は、息も絶え絶えというような口ぶりで言葉を発していた。

「もう……、これ以上駄目かもしれない……。俺は、弱くて脆《もろ》い人間だから、ここまで生きることが限界なのかもしれないけれど……。でも愛菜は、強くて逞しい人間だから……、俺の分まで頑張って生きてよ……」

　龍太郎は、笑っていた。

「それから……、もう一つだけ……、俺からのお願いを聞いてほしいんだ……」

「お、お願い……？」

　私は、きょとんとした表情で彼の顔を見た。

「俺さぁ……、早く大人になることに憧れてたんだ……。『大人の世界』ってどんなものなんだろう？　って……。社会の荒波に揉まれながらも、男として社会に貢献できたらってずっと思ってた……。でも叶わなかった……。いや、叶えることを許されなかったのかもしれないな……。俺は、一人のクラスメイトを死なせてしまったんだから……。だからお願いっていうのは、これから俺が見ることのできなかった『大人の世界』というものがどんなものなのか、愛菜に見てきてほしいんだ……。そして愛菜が死ぬまで、俺が天国で見守ってるから……。一生懸命生きて俺が知ることのできなかった『大人の世界』を見てきてよ……。約束して……。これからもずっと強く生きるって……。それから俺は……、ずっと前から、愛菜のことが……」

　そこまで言い終わると、彼の両目がぱたりと閉じた。

「ちょっと、龍太郎ッ！　死んじゃ駄目だよッ！　目を覚ましてッ！　もうちょっとで救急車が来るから、もうちょっとだけ我慢してぇッ！　私だって、同じ罪悪感抱えてるのに、自分一人だけ先に逝っちゃうなんて卑怯だよぉぉぉぉッ！」

　私は、絶叫していた。自分の声が嗄れ果てるくらいに叫び続けていた。そして私は、龍太郎の身体を抱いて泣きついた。周囲にも、徐々に野次馬の人だかりが増えている。猛吹雪の国道のど真ん中で、人が血を出して倒れていたら、誰がどう考えたって、視界不良の中でハンドル操作を誤って人をはねてしまった、そう考えるのが普通だろう。その興味本位で、彼らは群れをなしているのだ。

「柴山さん！」

　ふと後ろの方から、声をかけられた。

　西村先生だ。きっと龍太郎が交通事故に巻き込まれたという情報が、何かしらの形で学校に届いたのだろう。その後ろには、校長先生と教頭先生も立っている。

　西村先生が、私と一緒に龍太郎の傍らに寄り添ってくれた。

「西村先生……」

　私は完全に泣き濡れた顔で、西村先生の胸にすがりついた。私は、彼が早く回復してくれることを望んで、救急車を待った。

「西村先生。ここは私たちに任せて、今すぐ学校に戻って待機していてください！」

校長先生が言った。

しかし西村先生は、校長先生の指示を拒否した。

「嫌です。相馬くんと柴山さんは、私の教え子です。彼らの安全を無事に見届けることが、いち教員として、いち担任としての役割です。ですから、救急車がここに来たら、私も同伴します」

西村先生の目は、何かを強く訴えていた。

「しかしだねぇ！」

「しかしとか、そんなものは関係ありませんッ！　ここで簡単に引き下がってしまえば、いち担任としての義務を放棄することになります。私は、そんなことは絶対にしたくありません。お願いですから、ご理解ください」

「校長先生！　私からもお願いです。西村先生の話を聞いてあげてください。龍太郎のことを一番把握しているのは、西村先生です。校長先生なんかに邪魔されたくない。お願いですから、どうぞお引き取り下さい」

私は、仏頂面で言った。

ようやく遠くの方から、救急車のサイレンの音が聞こえてきた。

救急車で搬送されている途中で、龍太郎は息を引き取った。

駆けつけた救急車には、私も西村先生も同伴した。私は、救急車の中でずっと龍太郎の手を握りしめて、彼の名前を連呼しながら、励まして、鼓舞していた。しかしどうにもならなかった。

北見市内の病院に担ぎこまれた龍太郎の遺体とは、龍太郎の母親と私の母親が病院に到着してから一緒に面会した。私は、二人が病院に到着するまで、待合室の横長のベンチに座ってただただだうなだれていた。

よくよく考えてみれば、朝から「何か嫌な予感」がするってわかっていたはずだった。しかも帰りのホームルームで、西村先生が「とんでもない事故に巻き込まれますよ」と言っていた。その時点で、どうしてその「何か嫌な予感」を察知することができなかったんだろう？　って思っていた。

これらのことは、龍太郎が交通事故に遭うという前兆だったのだろうか？

どうして龍太郎に細心の注意を払って下校するように伝えなかったのだろうか？

それらを全てひっくるめて、どうして彼に何もすることができなかったのだろうか？

そう考えると、自分自身で自分自身を抹殺したくなるほどだった。

しかし現在を過去に巻き戻したいと望んでも不可能なことなのだ。

私は、自らの行動の愚かさを痛感した。

「私さ……、野木さんの時のような同じ失敗を繰り返したくないって思ったの……」

待合室で、一緒に待っていてくれた西村先生がぽつりと呟いた。

「野木さんの時も、何もしてあげられないまま、死なせてしまったでしょう？　彼女のこれからの将来を期待したかっただけに、すごく悔しかったの。そして今回も、相馬くんまで亡くしてしまったじゃない。いち教員として、あなたたちと接していることで、一体何ができたんだろう？　って。やっぱり私は、教師向いてないのかな……」

西村先生が、力なく言った。彼女の言葉にいつものような覇気がなかった。彼女もまた、私の中に宿っている「同じ形の罪悪感」を抱えながら、今日まで生きてきたのだ。

「そんなことないですよ。本当に教師として責任のない人なら、校長先生の指示に従って高校に戻ってますよ。他人事だからどうでもいい、みたいな。西村先生は、生徒思いの素晴らしい先生です。私のクラスメイトたちは、みんな西村先生のことを慕ってますよ。優しくて、可愛い先生だって」

西村先生が、涙目で微笑んでいた。

それからの私は、待合室の横長のソファに座って、龍太郎の母親と私の母親の到着を待った。

患者のひたひたという足音や、見舞いに来訪している人のざわざわという騒音、もしかしたら引き続き話しかけてくれていたのかもしれない西村先生の声も全く聞こえなかった。

私の中に残っていたのは、「無」だった。

そうしてただただうなだれていると、龍太郎の母親と私の母親が同時にやってきた。

病院で勤務している看護師に、龍太郎の遺体がある霊安室に通してもらう。

「待ってッ！　私を置いてかないでッ！　私が一人になった時点で、これから先一体どうやって生活していけばいいのよぉッ！　私、やっぱり龍太郎と一緒じゃないと嫌だよぉッ！」

私は、はばかることなくただただ泣き叫んだ。自分の身体じゅうが枯れ果ててしまうんじゃないか？　っていうくらいに、たくさん泣いた。

私は、全身に擦り傷や切り傷を作った龍太郎の頬にそっと触れた。完全に冷たくなっている。ぴくりとも動かない。微動だにしない。

彼の遺体を目の前にしながら、何もしてあげられなかったことに、ただただ無力感に包まれていた。

龍太郎の遺体が、長時間霊安室に留まることはない。

「さよなら」

ただそれだけを、彼に告げた。

龍太郎の通夜は、彼の事故があってから二日後。つまり、土曜日の夜に執り行われることになった。

黒い袈裟を身にまとった住職が、聞き馴染みのあるお経を唱えていた。それと同時に、木魚がぽくぽくと素朴な音を鳴らしている。

「南無阿弥陀仏、南無阿弥陀仏……」

龍太郎の通夜には、土曜日という比較的都合のつきやすい曜日に執り行われたこともあってか、十八歳の青年の通夜としては、かなりの人たちが参列していた。しかもクラスメイトに至っては、ほぼ全員が参列している。生前の彼が、どれだけ同学年の人たちやクラスメイトに人気があり、慕われていたかを物語っている。北見翔陽高校に入学してから、龍太郎が一年生と二年生の時に同じクラスメイトとして特に仲の良かった、中村くんや木下くん、越智くんもいる。

私は、ずっと俯きながら通夜が終わるのを待っていた。

龍太郎が亡くなった日に、たくさん泣いて、泣き疲れてしまったのか、それとも感情そのものが私の身体からすっぽり抜け落ちてしまったのか、通夜が執り行われている間じゅうは、不思議と涙を流すことはなかった。その代わり、龍太郎を亡くしてしまったことで、心の中が空っぽになって、何をするにもやる気を失くしてしまったような、そんな無気力さが残っていた。

私は、左隣をちらりと見た。

西村先生の姿が見える。

西村先生は、声を押し殺すようにして泣いていた。肩をぶるぶると震わせながら、泣くことをやめたくてもやめられないように見えた。

きっと一番つらいのは、西村先生だろう。

春香が亡くなった時も、龍太郎が亡くなった時も、本来一番悲しむのは、家族だと思う。それに身のまわりの親戚や、仲の良かった親友だ。しかし彼ら二人の担任としてかかわってきた西村先生は、悔やんでも悔やみきれないくらいの二重苦を味わったはずだ。

そして僅か一ヶ月足らずで二人の教え子を失った。しかも自分の教え子を亡くした原因は、自殺と交通事故だ。あまりにも痛過ぎた。

「未だに信じられないんだよなぁ……」

私の隣の席に座っていた、太一が小さな声で呟いた。

「ん？　なんだって？」

「未だに信じられないんだよ……。あれだけのムードメーカー的な存在で、いつも元気ハツラツってヤツが、車に轢かれて一瞬であの世行きなんて……」

太一は、ゆっくりと言葉を発していた。

「俺さぁ、妙に甲高いこの声がきっかけで、昔からずっといじめられてたことがあったんだ……」

太一は、急に自分の過去のことを話し出した。

「小学生のころは、『女みたいな声だ』って、ずっとからかわれてた。中学生になってもあまり声変わりしなくてさ。ずっとこの声がコンプレックスだったんだ。でも俺をいじめてたヤツらって結構頭が悪かったからさぁ。俺、メチャクチャ勉強して、少なからずヤツらの合格圏内に届かないようなここに進学を決めたんだ。そっからは、あまりいじめられることはなかったんだけど。でもトラウマってやつなのかな？　他人と必要以上に接することを恐れてたんだ。でも高校に入学してから、相馬や柴山さんみたいな明るくて優しいクラスメイトに恵まれて、次第に心を打ち明けられるようになってた。きっとそれがあって、俺は相馬に憧れるようになっていたし、柴山さんに心惹かれてたんじゃないかな？　って、思うんだ」

ちょっとだけ意外な事実を知らされたように思えた。いつも周囲を明るくしてくれる、ムードメーカー的な彼にそんな忌々しい過去があったとは、まるで思えなかった。

「ところで昨日、俺がアイツに供えてやったビール飲んでくれたかな？」
「あぁ、あれは面白かったよね」
「面白かったの？」
「だって高校生が、学校に缶ビールなんて持っていったら、変に思われるでしょう？未成年の飲酒は、法律で禁じられてるんだよ。しっかりと事情を説明したから、校長先生も西村先生も許してくれたんだろうけど、下手したら停学だよ」

昨日のことだった。それは、龍太郎が交通事故に遭った翌日の金曜日。その日の最後の授業は、学活だった。前日のうちにクラスの連絡網が回ってきた。西村先生の提案で、急きょ、龍太郎の事故現場に赴いて龍太郎が好きだったもの、お菓子やジュースなどの色々なものを供えようということになった。

私たちは、龍太郎が轢かれた現場に来ていた。

通行人や車を運転するドライバーの邪魔にならないよう、現場近くの電柱の傍らに色々なものを供えた。赤いバラや、橙色や紫色のガーベラ、トルコキキョウにユリなどの花の数々。カップラーメンや粉末スープなどの即席食品。ポテトチップスやマシュマロ、ビスケットなどのお菓子。コーラや緑茶などのジュース類。彼の自宅から持ってきた遺品の漫画十数冊。彼のマストアイテムでもある、サッカーボールなど色々なものを置いた。

そして太一は、何故か缶ビールを持ってきていた。

「俺は、二年後にヤツと一緒に一杯呑むつもりだったんだけど、先に逝かれちゃったからなぁ……。フライングだけど、どんな味かを確かめてもらうために持ってきたんだ。苦くて不味いって言うかもね」

太一は、ニコニコしながら言った。

「じゃあ最後にクラス全員で、相馬くんに向けて黙とうをしましょうか」

西村先生が、大きな声で全員に聞こえるように言った。

そしてクラスメイト全員で、黙とうした。

「先生、最後にちょっとだけいいですか？」

私は、挙手をしてから言った。

「私は、彼とはうまれた時からの幼なじみだったんです。彼が死んでしまったことで、みんな悲しんでいることは理解できます。しかしみんなとは明らかに違うことがあります。私は、うまれてからずっと十八年間、彼は身近な存在で、血はつながっていなくとも、家族同然で付き合ってきた大切な人なんです」

私は黙ったまま、国道の中央付近にある彼が倒れていた場所に近付いた。彼の血が広がっている部分を右手でそっと撫でる。路面は完全に凍結して冷たいはずなのに、彼の魂に触れているようで生温かい。彼からみなぎってくる活力が、右手から伝わってくるような気がした。

そして彼が息を引き取る間際に、言っていた台詞のことを思い出した。

「それから俺は、ずっと前から愛菜のことが……」

その後に続く言葉は、一体何だったのだろう？　ふとそんなことを考えていた。

私は、龍太郎とは、ずっと幼なじみだと思っていた。しかし彼の中で、私に対する特別な思いがあったのだろうか？　もしそうだとしたら嬉しくもあるけど、驚きの感情の方が勝っていた。

きっと彼と恋人関係に発展したとしても、周囲の人たちには幼なじみ同士だったはずが、いつの間にか意気投合して付き合うようになったんだと思われても、何ら不思議なことではない。もし彼に、特別な思いがあったのなら、私は喜んで彼のことを受け入れていたかもしれない。春香や太一に、どうこう言われようと、龍太郎と私が、どうかかわろうと、そんなの自由だ。龍太郎と私は、仮に離れたいと思っても離れることのない「腐れ縁」みたいなものだった。

プップー。

一台の車が、クラクションを鳴らしていた。見覚えのある黒いコンパクトカー。昨日私が、パニックに陥りながらも救急車を呼ぼうとした時に、先手を打って救急車を呼んでくれたおじさんだった。おじさんは、路肩の方に自身の黒いコンパクトカーを移動させてからハザードランプを点けた。そして私の方へと、歩み寄ってきた。

「昨日のお姉さんだね。昨日は本当にご愁傷さま。轢かれちゃったのは、君の彼氏だったのかな？　ＮＨＫのニュースでも、大々的に報道されてたね……。本当に残念だよ……」

それなら私も、昨夜のニュースで報道されているのを見た。しかし見るに耐えられなくなって、すぐに消した。

龍太郎の轢き逃げ事件発覚後。その後の事情聴取で、おじさんが警察の人に轢き逃げをした車のナンバーを適切に伝えてくれたらしく、轢き逃げ犯の身元がすぐに判明した。この近隣に住む、二十代半ばのヤンキー風の若いお兄さんだった。彼は、その日のうちに逮捕されたらしい。

彼が逮捕されたことで、龍太郎が戻ってくるわけではない。しかし救急車を呼んでくれたおじさんの冷静かつ迅速な行動に感謝した。

「あぁ、昨日のおじさん……。彼は、私の小さいころからの幼なじみだったんです……。まさか、こんなことになっちゃうなんて……」

私は、国道のど真ん中で泣きじゃくっていた。おじさんは、私の身の危険を察知したのか、とりあえず私を路肩の方へと避難させてくれた。

「それはつらかったねぇ。そうだ、ささやかながら後で自分の楽しみにとっておいたものを供えさせてもらうよ」

　おじさんは、自分の車から未開封のブラックの缶コーヒーを持ってくると、私たちが色々と供えたものの近くにそれを供えた。そして合掌しながら目を閉じた。

「それじゃあ、また」

　おじさんは、ハザードランプを点けたままの自身の黒いコンパクトカーに乗りこみ、走り去っていった。


　日曜日の午前中。龍太郎の告別式が執り行われた。

　いよいよ彼とも別れの時を迎える。しかし不思議なことに昨日の通夜の時も、今日の告別式の時も一切涙を流すことはなかった。龍太郎の両親や、私の母親、西村先生、太一も紗英も葉子も、ほぼ全員が泣いていたのにもかかわらず、私だけが泣かなかった。

　龍太郎の遺体を乗せた霊柩車が、葬儀場から火葬場へと送られる。

　昨日に引き続き、龍太郎と仲の良かった中村くんや木下くん、越智くん。おおよそのクラスメイトも参列していた。

　葬儀場から出発する時に、最後の別れを告げるクラクションが大きな音を立てて鳴る。このまま火葬されて、北見市内にある霊園の相馬家のお墓に埋葬されてしまう。

もう彼は、この世の人ではなくなっていた。


「愛菜……、愛菜……」

二年生からのクラスメイトだった、さくらに声をかけられていた。

「愛菜、大丈夫……？　今授業中だよ……？」

龍太郎の通夜と告別式が執り行われた土日が明けた週の木曜日。冬休みまで残り二週間を切ったころ。龍太郎が交通事故で亡くなってからちょうど一週間が経過した。

三時間目の数学の授業中のことだった。

教科担当の西村先生が、私に指名をして解答を促していたようだった。しかし全くの上の空で、何も聞いていなかった。

「柴山さん……。茫然自失って感じだったよ……」

西村先生も、クラスメイト全員も、心配そうな面持ちで私を見ていた。

「あ、いえいえ……、だ、大丈夫です……。何とか、生きてます……」

しかし私のここ一週間は、まるで生きた心地がしなかった。

自室でも、教室でも、ボーッとしていることが多くなったし、食事も喉を通らなくなることも多くなった。逆に人の話を聞いていることが少なくなった。

カツ丼やステーキ、ハンバーグなどの食べ物は、見ただけで吐き気がした。プリンやゼリー、茶碗蒸しなどの喉を通りやすいものでも、食べられないくらいだった。水やお茶も受け付けなかった。そのこともあってか、体重が激減した。

しかし人間という生き物は、不思議なもので、生きていると必ず空腹になる。ある程度の限界に達した時に、プリンやゼリー、ヨーグルトにお粥などの食べやすいものを食べた。そしてある程度胃を落ち着かせたところで、多少頑張ってチョコレートやビスケットなども食べた。空腹になるということは、生きているという証拠だが、龍太郎がいないこの世界で、自分だけが取り残されて生きていることに、私はただただ空しさを感じていた。

西村先生の計らいもあって、しばらくは保健室で静養させてもらう機会も多くなった。養護教諭の大友先生にも気を遣ってもらって、色々な悩みを聞いてもらったり、まずは食べられるものから少しずつ食べてみたり、かなりの厄介者になってしまった。

しかし私は、やはり悲しくて、衝動的に龍太郎のあとを追おうと思ったこともあった。

自宅の台所にある包丁を胸の前に構えてみたり、居間の電灯を支える金具の部分に梱包用のひもを結んで首吊りする真似をしてみたり、洗面所に水をなみなみと張って長時間顔を付けてみたり、風呂場でカミソリを手首に突きつけてリストカットをしようとしたこともある。

しかしどんな状況においても、龍太郎が、天国から「駄目だよ！」と声をかけてきたような気がした。そして結局は、死にきれなかった。

同じ木曜日の昼休み。私は、昼食として持ってきていた、海苔のつくだ煮が入ったお粥とパウチタイプのゼリードリンクを食べ終わると、一人で屋上に来ていた。

春香が転落した辺りの、ステンレス製の柵に両腕を預けて、外の景色を眺めていた。今度は、飛び降り自殺でも企ててみようか？　でもいざ行動に示そうとすると、また龍太郎に「駄目だよ！」と言われるだろうか？　そんなことを考えていた。

春香が、転落した時のことをふと振り返ってみた。

彼女は、ここから飛び降りた時、どんなことを思っていたのだろう？　どんなことを考えていたのだろう？　私は、ステンレス製の柵越しに下を覗きこんだ。春香が、転落したところと思われる地面がこちらに迫ってくるような気がした。

屋上から見える景色を望むと、龍太郎がスポーツカーにはねられて倒れた場所が見えた。しかし目が霞んでいるせいだろうか。遠くの景色も、薄ぼんやりとしていた。

季節は冬のはずなのに、何て暖かい日なんだろう。コートやジャンパーなんて必要ない。しかし夕方になると冷えこんで、この暖かさで若干融けた路面もまた凍結するだろう。そうしたら龍太郎と同じように、勢いよく走ってきた車にはねられるだろうか？　悪いことばかりが起こってほしいと頭の中を駆け巡る。

「こんなところで何をしているの？」

後ろの方から、声をかけられた。私は、はっとして後ろを振り返る。

西村先生が、薄い笑みを浮かべながら、こちらに近寄ってきた。

「まさか柴山さんも、相馬くんや野木さんと同じように、死にたいだなんて考えていたの？」

図星だった。しかし顔には出さなかった。私は、素の表情を取り繕った。

「やっぱりつらいものですね。全く気持ちが晴れやかにならないというか。大切な家族のような存在の人を亡くしてしまった失望感はなかなか拭えないものです」

私は、西村先生の方を見ずに、遠くの景色を眺めながら言った。白銀の世界で覆われた一面の景色は、眩しいくらいにキラキラと輝いていた。

「でも死んじゃ駄目だよ。この世の中には、柴山さんを必要としてくれている人がたくさんいるのよ。柴山さんのお母さんだって、悲しむに決まってる。今はとてもつらいかもしれないけど、今を乗り越えて、相馬くんや野木さんが叶えることができなかった夢や、達成することのできなかった目標に向かって、柴山さんが代わりになって頑張っていかないと。それに生徒を一気に三人も亡くしてしまう担任の身にもなってよ」

西村先生は、冗談っぽく笑った。

「柴山さんなら、きっと乗り越えられるはずよ。相馬くんや野木さんのためにも力強く生きるの。きっと二人共、天国から見守ってくれるからさ」

そんな会話のやり取りをしていたら、ふと上空から雪が降ってきた。

あの時もそうだった。春香が、落ちる直前。上空から雪が舞い落ちてきた瞬間に、彼女は足を滑らせて死んでしまった。今の状況を考えると、柵のこちら側、つまり転落しない範囲となっている側にいるから、よほどのことがない限りは落ちることはないだろう。

「雪ですね」

「そうだね」

私と西村先生は、しばらくの間、ふわふわと舞い落ちる雪たちを見ていた。いつもと変わることのない日常が、今日もまた過ぎ去っていく。

「私、頑張ってみます。ちょっと時間はかかるかもしれないけれど、一生懸命生きて龍太郎や野木さんが見ることのできなかった『これからの世界』を見せられるように努力したいと思います」

私は、強く決意した。いつまでも凹《へこ》んでばかりはいられないのだ。きっとこんな元気のない姿をしていたら、龍太郎は勿論、春香だって悲しむはずだ。天国から「このヤリマン女、しっかりしろ！」と一喝されてしまうかもしれない。

私はこれからも、強く生き続けられるような気がした。


「龍太郎くん、亡くなっちゃったんだって……？」

十二月下旬。冬休みになった。二学期の終業式を無事終えて、数日経ったころのことだった。

夏休みに引き続き、今回の冬休みも北見翔陽高校の近くにある喫茶店でアルバイトをすることになった。しかし前回と違うことと言えば、夏休みは一緒にアルバイトをした龍太郎がそばにいないことだった。

貴志さんが、私に聞いてきた。

「NHKのニュースで見たんだよ。『北見翔陽高校三年生の相馬龍太郎さんが、交通事故に遭って死亡しました』って。どうか同姓同名の別の人であってくれ……、あ、いやいや、これも不謹慎なことなんだけど……。それでも身近にかかわっている子がどうか無事であってほしいって望んでたんだ……」

貴志さんは、悲しそうな顔をしていた。それでもボサノヴァは、軽快なリズムを奏でながら店内の雰囲気を活気付かせていた。

終業式でも、体育館のステージの上で校長先生が言っていた。

「この冬に入りまして、我が校の生徒二名が不慮の事故で亡くなっています。雪道での事故やウインタースポーツにおける事故も多発しています。生徒諸君がくれぐれも細心の注意を払って、有意義な冬休みを過ごせるように祈っています」

このころになると、春香が投身自殺した記憶も、龍太郎が交通事故に遭った記憶も、だんだんと薄まってきて、北見翔陽高校全体が日常生活を取り戻していた。

私もまた、「一生懸命生きる」という努力が実を結んだのか、ようやく普通に食べることも容易になってきたし、人の話を聞く時も上の空にならなくなっていた。

「貴志さんも、若菜さんも、色々心配してくださってありがとうございます。私も龍太郎が死んだ直後くらいは、かなり凹んでたんです。自分自身で自分自身を亡き者にしてしまおうっていうくらいに思い悩みました。でも担任の先生からも『頑張りなさい』って鼓舞されて、何とか目が覚めました」

私は、元気な口調で言った。龍太郎がいなくなったことは、今でも寂しいし、悲しい。しかし今となってはそこまで引きずっていない。この冬休みのアルバイトでお世話になる期間も、仕事に支障をきたすことなく働けるくらいの精神状態までは、回復していた。

「でもあまり無理しないでね。ここで無理されて、愛菜ちゃんが過労で倒れるようになったら、私たちの責任問題になっちゃうんだから。何事も適度にね」

若菜さんは、相変わらずニコニコした満面の笑顔で話した。

この日のランチタイムも、かなりのお客さんで混雑して、殺人的な忙しさだった。オーダーされた料理が出来上がっては、所定のテーブルに運んでいき、また次の料理が出来上がっては、また所定のテーブルに運んでいき、という作業は変わらぬ業務だった。以前は、付け合わせのポテトサラダを盛り付けたり、みそ汁やコンソメスープなどの汁物をお椀によそったりするくらいの作業を手伝う程度だった。しかし今回からは、簡単な調理くらいは、任せられるようになった。その甲斐もあってか、私の料理の腕も多少上がった……ような気がした。

ボサノヴァが流れるゆったりとした空間を味わう余裕なんて、これっぽっちもない。しかしボサノヴァが流れている空間で仕事をするのは、やっぱり楽しかった。でもやはり龍太郎がそばにいるのといないのとでは、アルバイトをする楽しさややり甲斐は格段に違った。

本日何度目かの、パールホワイトの入口のドアの上部に取り付けられているカウベルが、カラカラと素朴な音を鳴らした。

「いらっしゃいませー」

いつもと同じように、元気な声で出迎えた。

来店したのは、紗英と葉子だった。

私が太一と初めてこの店に入ってきた時は、訝しげな表情で私のことを小馬鹿にしてきたのに、今日はとても明るい表情をしている。

「柴山さん。前々から、ここでアルバイトするようになったって聞いてたんだけど、本当だったんだねぇ」

紗英が、朗らかな口調で話しかけてきた。

「うん、そうなんだよ。翔陽の生徒もたくさん来てくれて。マスターや奥さんにも可愛がってもらって毎日が楽しいんだ」

私は、適当に空いている席に座るよう彼女たちを案内した。紗英は、ホットジンジャーココア。葉子は、抹茶豆乳ラテをオーダーした。

店内のボサノヴァを聞ける余裕がだいぶ戻ってきた。

「愛菜ちゃん、あの子たちも愛菜ちゃんのお友達なんだろ？　今日は、だいぶ客も引けたからあがっていいよ、ご苦労さん」

貴志さんからの合図の後、紗英と葉子と相席した。

「柴山さん、元気そうになってくれて良かったー。相馬くんが死んじゃった直後くらいは、柴山さんも死にかけてたくらいだったのに……」

葉子が冗談っぽく笑った。それから注文した抹茶豆乳ラテをストローで勢いよく吸い上げた。

「私も、だいぶつらかったんだけどね……。でもこのままじゃいけないなって……。どっかのタイミングで思ったんだよね……。ほら、野木さんが亡くなった時に、吉井さんと楠さんに『強く生きるの』って言ったこと覚えてる？　私も、吉井さんや楠さんにそんなことを言っておいて、自分が死ぬってなっちゃったら、それこそ格好がつかないでしょ」

私は、オーダーしたいちごのフローズンドリンクをストローで吸い上げた。いちごのほのかな甘味と酸味。これらが絶妙にマッチすると同時に、冷たさが全身に伝わってきた。

「あ！　そういえば、ここのチョコレートパフェ、とても美味しいんでしょう？　一回食べてみたかったんだー」

紗英が、ホットジンジャーココアを啜りながら口を開いた。

確か春香の自殺を阻止しようと、チョコレートパフェの話題を切りだしたことがあった。葉子も食べたいと駄々を捏ねるように言い出した。私は、その勢いに負かされるように三つオーダーした。

ミルクチョコレートがいっぱい入ったチョコレートパフェ。

チョコレートアイス、チョコレートソース、チョコレートケーキ。一番上には、チョコレートプリンと板状のチョコレートプレートも載っているチョコレートパフェ。

チョコレート三昧だけではなくて、バニラアイスやアーモンドアイスなどの色々な味のアイスも入っているチョコレートパフェ。

フレッシュないちご、バナナにもものコンポートなどの果物もたくさん載っているチョコレートパフェ。

一人前よりもちょっとボリュームがあるチョコレートパフェを三人で仲良く食べた。

「すっごい美味しいよ、これぇ！」

紗英は、満足そうな表情を浮かべた。

「うんうん、確かに確かに」

葉子も、表情が明るくなっている。

「野木さんにも食べさせてあげたかったなぁ……、これ……」

私は、しみじみと呟いた。途端に紗英も葉子も俯いてしまった。春香に後ろめたい気持ちを抱えている二人の目の前で、不謹慎な発言をしてしまったようだ。今までの楽しい雰囲気もブチ壊しだ。

「あぁ……、ゴメン、ゴメン……。せっかくの楽しいひと時なのにねー。楽しくやろうよ、楽しくねー」

「ううん、大丈夫だよ……。私たちの方こそ、ゴメン……。でもきっと、春香ちゃんも食べたかっただろうなぁ……、このチョコレートパフェ……」

紗英が、元気よくとも、大人しくともとれない様子で言った。

「ねぇ、また今度この三人でどこかに遊びに行こうよ！　高校の卒業旅行とかさぁ！」

葉子が、嬉しそうな様子で提案した。

私も、推薦入試で札幌に隣接する江別市の静英学園大学に進学が決まっているし、紗英も葉子も、北見市内の同じ保育士の専門学校に進学が決まっている。後は、残りの高校生活を有意義に過ごすだけだ。

「そうだね！　どこがいいかな？　東京とか、大阪とかがいいかな？　あ、沖縄って手もあるよ！　そうだ！　クラスメイトの志田さくらって知ってるでしょう？　私、二年生の時からのクラスメイトなの。さくらも誘って、四人でどっか一緒に行きたいね！」

さくらもまた、旭川市にある短大に進学が決まっていたので、こちらから誘えば、気軽に乗ってくれるだろう。

まさか紗英と葉子と、こんなにも楽しく過ごせる時が来るとは思わなかった。きっとここに春香が加われば、もっと楽しかっただろう。そんなことを考えながら、それからの時間もゆっくり過ごした。

紗英と葉子と、喫茶店で談笑した日の真夜中のこと。午後十一時ごろだった。

コバルトブルーの夜空に、大きな満月が存在感を示すようにキラキラと光り輝いていた。その周囲には、無数の星たちも瞬いている。

龍太郎と桜町公園の桜の木の下で再会した。お花見も一緒にした。夏祭りにも一緒に行った。龍太郎と横並びになって一緒に満月を見上げた。秋の強歩大会では、折り返しですれ違った時に「頑張れ」って互いを励ましあった。しかし結局彼は、冬道の交通事故でこの世を去った。

「龍太郎。あなたと一緒に過ごしたこの一年間は、色々なことがあったね。でもすごい楽しかったよ。最終的には、悲しい思いを味わわされたことは恨んでるけど、あなたと夢の中で出会えたことは一生忘れない。私、これからも頑張るから」

私は、大きな満月を見上げながら、言葉に出していた。

龍太郎の事故の一件以来、割と元気になったし、立ち直ってもいた。別に高校の教室にいるわけでもないし、アルバイトをして働いているわけでもない。今は誰も見ていないし、注意されることはないだろう。少しだけ泣いてみてもいいだろうか？　でも結局は、一滴も涙が出てこなかった。

私が月灯りに照らされるころ、自らの成長を日々実感できるようになった。私は、月灯りの照らす満月を見上げるたびに強くなれたような気がした。

するとベッドの傍らに置いてある、戸棚の上のエメラルドのイヤリングが、満月の光にリンクするように閃光のような光を放った。

そして導かれるように、エメラルドのイヤリングを手に取ると、私は耳につけた。

淡い翡翠色の光が、輝いていた。更に強い光を放った瞬間に、ゆっくりとその光を弱めていった。

「龍太郎、これからも見守っていてね……」

するとコバルトブルーの夜空が、急に真っ暗闇になった。まるで学芸会や舞台の演劇の最中にシーンが変わる時、ステージ上が一旦暗くなるような、極度の明暗差があるくらいに一瞬で暗くなった。

ブラックホールのような黒い物体が、広がっている。

真っ暗闇で何も見えない。さっきまで大きな満月や、無数の星たちが瞬いていたのに、一瞬で消えてなくなってしまった。私だけが取り残されたような孤独感に襲われた。

これから「夢の中」から「現実の世界」に引き戻されるのだろうか？　全く想像ができなかったけれど、何となくそんな感じがした。

黒い魔の手のようなものが、こちらを掴もうとしていた。

しかし怖いものなんて、何もなかった。

私は、抵抗することなく静かに目を閉じた。

「さよなら……」

ついに龍太郎との、訣別の日が訪れた。

私は、再度ブラックホールのような黒い物体の中に吸いこまれていた。

きっとこれから、龍太郎と一緒に過ごした高校三年生のころの夢の中から、静英学園大学の職員としての元の自分がいる現実の世界に戻るのだろう。確信はない。でもきっとそうだ。

私の身体が、ふわふわと空中遊泳をしている。まるでコントロールが利かない。私の身体のはずなのに、私の身体じゃないみたいだ。

しかしじっとこうして時空を彷徨っていれば、いずれ元の世界に戻れるだろう。

今となっては、怖いものなんて何もない。空中分解する感覚もなかった。

そろそろ終わりに近付いてきただろうか？

もうじき解き放たれる時が来る。

夢の中から覚めて、また新たな未来がスタートする。

エピローグ

私は、「夢の中」から「現実の世界」へと引き戻された。

昨晩、真夜中の猛吹雪と化した人気のない山道を一人で運転していた。すると自家用車のメタリックピンクの軽が、エンストを起こして立往生してしまい、意識を失ってしまった。

昨晩から今朝にかけて、つまり、たった一晩で、私が高校三年生だったころの一年間を回想する夢を見た。

そしてふと気が付いたら、江別市内にある一番大きな総合病院内の病棟の一室にあるベッドの上に横たわっていた。

言葉づかいのだらしない看護師に、バイタルを測られた。斜向かいのベッドにいた五十代半ばくらいの、女性患者に話しかけられた。午後一番の内科の診察室で、担当医に数日間の入院を命じられた。その日の夜に、女性患者と赤ワインで乾杯しながら、満月を見上げていた。

そして私は、今現在に至っている。

私が、病院に担ぎこまれてから数日が経過した。クリスマスまであと三日に迫った日だった。

私は、はれて退院する運びになった。

「二度とこのようなことがないように気を付けてね」

担当医は、悪戯っぽく笑った。

「また遊びに来てね」

大腸がんで入院している女性患者は、寂しそうな顔をしていた。きっと退屈しのぎの話し相手になってくれた私が、退院してしまうからだろう。

総合病院の建物から、二重の自動ドアをくぐって、外に出た。

「大変お世話になりました」

私は、くるりと後ろを振り返った。そして総合病院の建物に向かって、深々と一礼した。

総合病院は、国道から一本脇道に入ったところにある。そこから国道の方へ歩いていく。国道沿いの商店街をブラブラと散策していた。

チェーン展開しているケーキ屋には、いちごがたっぷり入っているホールサイズのショートケーキ、レーズンや、くるみにアーモンドなどのナッツ類、オレンジピールや、ドライフルーツが入っているシュトーレンなどが陳列されていた。個人経営と思われるアパレルショップのショーウインドーには、女性向けのファッション雑誌に掲載されていた流行りのトレンチコートの数々が並んでいた。

江別市役所の敷地内に植わっている一本の大きな木には、イルミネーションやリース、ベルなどが飾られている。頂上には、大きな星の飾りが取り付けられていて、巨大なクリスマスツリーと化していた。

街並み全体は、クリスマスムード一色だった。

何かが耳元でゆらゆらと揺れていることに気付いた。

私は不思議に思って、一旦足を止めた。そして耳元についているものを取り外した。

エメラルドのイヤリングだ。

「お姉さん、耳にイヤリングをしているの？」

相部屋の女性患者の台詞を思い出した。

これは確か、数年前に私の不注意で失くしたものだったはずだ。

数日前まで、つまり、私が意識を失って病院に担ぎこまれる前までは、こんなものつけていなかったと記憶している。龍太郎と過ごした一年間の夢を見たのを境に、私の耳元にエメラルドのイヤリングがついている。しかもブラックホールのような黒い物体に吸いこまれる前に、このイヤリングをつけたことを思い出した……。

きっとエメラルドのイヤリングごと現実の世界に戻ってきたのだ。夢を見ていたようで、夢ではなかったのだ。

龍太郎と桜町公園の敷地内にある桜の木の下で再会したことも、サッカーボールで遊んだことも、桜町公園の桜の木の下でお花見をしたことも、図書館で一緒に期末テストの勉強をしたことも、龍太郎と北見翔陽高校の近くの喫茶店で一緒にアルバイトをしたことも、龍太郎と一緒に夏祭りに行ったことも、桜町公園の小さい山で一緒に満月を見上げたことも、強歩大会で私がリタイアしたことも、龍太郎が交通事故で亡くなったことも、全てが先日起こったことのような感覚だった。

春香に生卵をぶつけられた時の背中に残る痛みも、トイレの中で水をかけられたことも、期末テストでカンニングを疑われたことも、上靴をズタズタに切り裂かれたことも、机の上に落書きされたことも、水筒の中に虫の死骸入りの醤油が混入されたことも含めて、先日起こったことのような感覚だった。もう八年前の話だったはずだ。

龍太郎から貰った大切な誕生日プレゼント。再度彼が、私に託した彼の分身なのかもしれない。私は、エメラルドのイヤリングをぎゅっと握りしめた。今度は絶対に失くさない。彼がいつもそばで見守ってくれている。要はお守りの一つなのだ。私は心に誓って、再度耳につけ直した。

それにしても、とても不思議な経験をした。まるでどこか違う国への長旅を終えて、帰ってきたような感覚があった。たった一日しか経っていないはずなのに。

私は、街全体をゆっくりと眺めながら、てくてくと歩いていった。

今年は、少し早めの有給休暇を利用して、地元北見市に帰省していた。早めに帰ってきたのには、理由がある。龍太郎が納骨されている霊園で、墓参りをしたかったからだ。もしかしたら龍太郎と一緒に過ごした一年間を回想した夢を見たことで、彼のことを懐かしく思ったのも、原因になっているのかもしれない。

私が退院してから、更に数日が経過した。大晦日まで、残り四日のことだった。

私の母校でもあり、勤務先でもある、静英学園大学がある江別市から地元北見市までは、車でも五時間程度。電車を駆使しても、四時間半は優にかかる。

私の自宅から少し離れたところにある霊園までは、バスで移動した。最寄りのバス停からは徒歩で。敷地内までは、歩いて五分とかからない。

まずは龍太郎が眠っている墓の前まで辿りついた。すると彼の墓の前に、見たことのある人がいた。

背が高く、ひょろっとした細身の体格、初々しかった高校生のころと比べると、背筋がピンとしていて、八年の歳月の経過と共に大人らしい雰囲気が漂っている。

「あれぇ、岡中くん？」

紛れもなく太一だった。

「あぁ、柴山さん。久しぶりだねぇ」

太一は、笑っていた。少し甲高い猫なで声も昔とちっとも変わっていない。

「岡中くんも龍太郎の墓参りに来てたんだ？」

今日は、お盆のような特別な日でも何でもない日だ。霊園には、全く人はいなかった。きっとこの時期に、龍太郎の墓参りに来る人なんて、彼の命日に近い日だから、久々に墓参りをしたいという事情を抱えている私くらいしかいないだろうと思っていた。しかしもう一人いた。しかも同じ理由で墓参りに来ていた。それが太一だった。

「いやぁ、何かと忙しくてさ。本当はヤツの命日に墓参りしたかったんだけど。その日からちょっと過ぎて、今日になったってこと。あ、これから野木さんの墓参りにも行くんだよ」

龍太郎が好んでいた嗜好品って、何だっただろう？　龍太郎は、コーヒーも、紅茶も、清涼飲料水も、炭酸飲料水も幅広く飲んでいた。私は、少し迷った。しかしブラックの缶コーヒー二缶を龍太郎が眠る墓に供えた。まぁ、この辺が無難なところだろう。

私と太一は、彼の墓の前で合掌を一緒にしてしばらく目を閉じた。ぱっと目を開いて、ふと何かの気配を感じて横を見た。

　またもや懐かしい人に出会えた。西村先生だ。西村先生の胸には、抱っこされている赤ん坊がいる。そして隣には、見知らぬ男の人と、抱っこされている三歳くらいの女の子がいた。西村先生の旦那さんと二人の子供ということはすぐにわかった。

「柴山さん、岡中くん、久しぶり。元気そうね」

　顔つきや髪型は、以前とはだいぶ変わっていた。中学生並みのあどけなさが残るところや、優しい笑顔は昔のままだ。

「西村先生！」

　私の声と心が弾んだ。北見翔陽高校を卒業してから、八年弱の歳月が経過していた。それ以来、顔をあわせることは一度もなかった。私は、西村先生の元へ歩み寄った。そして久々の再会を喜びあった。

「私たちもこれから相馬くんの墓参りをしようと思ったの。それから野木さんのお墓にも寄ろうって思ってたところよ」

「そうだったんですね。私も岡中くんも、野木さんの墓参りはまだなんです。先に行って待ってますね」

　私と太一は、西村先生を置いて先に春香の墓まで向かった。

　春香の墓に供えるものは、前々から決まっていた。

生前の彼女が、いつもトレードマークのように右手に持っていたミルクチョコレートだ。ハイミルクチョコレートでも、ビターチョコレートでもない。ホワイトでも、ルビーでもない。いつも彼女は、ミルクチョコレートを齧っていた。

私は、彼女の墓の前にミルクチョコレートを供えた。

私が供えたミルクチョコレートを喜んでくれるだろうか？　きっと今の彼女なら、喜んでくれるはずだ。

それからみんなで一緒に合掌した。

そして私たちは、春香の墓を後にした。


私と太一、そして西村先生の三人で、駐車場の脇に設置されているベンチに腰掛けた。

駐車場に停まっている車は、西村先生の旦那さんが運転してきた、ワックスコーティングがしっかり施された黒い大型ワゴン車と、太一の自家用車と思われる、白いステーションワゴンだけで、他にはない。

季節は、冬真っ只中で心の芯まで震えるように寒い。しかし積もる話を山ほどしたいという気持ちの方が勝った。話題は、ここ最近の近況報告だ。

「未だに苦しいの……。相馬くんと野木さんの墓参りも、旦那に無理言って同行してもらってね……。毎年欠かさずに、この時期に来ていたのよ……。このころになると、とても心苦しくなっていたわ……」

西村先生は、深刻そうな顔をしていた。

「あなたたちが卒業してからも、翔陽高校で何とか教員を続けていたの。でもやっぱり、相馬くんと野木さんを亡くしてしまったトラウマが尾を引いてしまって。結局、一年後に辞表を提出したの。それからしばらくして高校の同窓会があったのよ。その時に、意気投合して結婚しようってなったのが、今の旦那なの。今は隣町の佐呂間町で、旦那の家業でもある漁師の手伝いをしているのよ」

西村先生の旦那さんは、車の中で二人の子供たちと遊んでいるようだ。

「他の子たちも元気にしてるのよ。吉井さんは、近々結婚することが決まって、私のところにも結婚式の招待状が届いたの。そして楠さんは、もう結婚して、子供がうまれて、日々母親業に奮闘してるって聞いたわ」

紗英に葉子。久々に聞いたクラスメイトの名前だ。彼女たちとは、さくらも含めた四人で、卒業旅行で東京に行って以来会っていない。あの時は、本当に楽しかった。四人で、一生分遊んだっていうくらいにはしゃぎまくった。それからは、全くの音沙汰なしだった。しかし西村先生の話では、二人とも元気でやっているみたいだ。彼女たちもまた、春香を死なせてしまったショックから立ち直れなかった同志だった。それでも変わらずに元気そうにしているみたいで、とても嬉しかった。

「さて、そろそろ行こうかな？　旦那や子供たちも相当待ちくたびれているようだし。また今度、どこかで会うことができたらいいね。二人とも元気でね」

　西村先生は手を振ると、旦那さんや二人の子供たちが待っている黒い大型ワゴンの方へ駆け足で戻った。

　そして二人だけが取り残された。

「ね、ねぇ、柴山さん……」

「ん？　何かあった？」

「これからどっか一緒に行かない？　俺、この後すごい暇でさぁ。一応、マイカーで来てるんだ。用事終わったら、柴山さんの家まで送っていくからさぁ。見たところ、柴山さんは、車じゃなさそうだし。せっかく久々に会えたんだから、どう？」

「いいよ、私もどうせ暇だし。そうだ！　翔陽の近くにある喫茶店に行こう！　私がアルバイトしてたところ！　久々に貴志さんや若菜さんにも、会いに行きたい！」

「賛成！　俺さぁ、高校卒業してから、ずっとこっちで実家の印刷工場の後継ぎやってたんだよ。あの喫茶店をひいきするようになってから、マスターや奥さんにも、常連みたいな感じで認識されるようになって。『ここでアルバイトをしていた、相馬龍太郎と柴山愛菜のクラスメイトです』って言ったら、意気投合するようになったんだ！」

「じゃあ、行こうか。早く会いたくて、うずうずしてるよ」

私は、彼の白いステーションワゴンの助手席に乗りこんだ。


カラカラカラーン。

パールホワイトのドアの上部に取り付けられているカウベルが素朴な音を鳴らした。アルバイトをしていたころは、何度も耳にしていたこの音を聞くのも、八年ぶりだ。

「いらっしゃいま……、あれぇ、愛菜ちゃん？」

若菜さんが、驚くように私のことを見た。

私がこの喫茶店に入るのも、冬休みのアルバイトで働いて以来八年ぶりだ。真正面に置いてある年代物の大きなスピーカーから流れるボサノヴァが作り出す落ち着いた雰囲気も、全てが変わらないままだった。

「愛菜ちゃん、元気にしてた？　ずっとここに来ないから、心配してたのよ。でもまぁ、こんなにも色っぽい大人の女になっちゃって……」

若菜さんは、久しぶりに会えた私に感心しきりだった。奥の方の厨房にいた貴志さんも、笑顔でこちらを見ている。

「ささ、立ち話も何だから。愛菜ちゃんも、太一くんも、早く座って頂戴」

何もかも変わっていないところが、かえって心地よかった。

「どう？　久々に来たこの喫茶店の感想は？」

向かいの席に座った太一が聞いてきた。

「相変わらずって感じかなー？」

オーダーした飲み物が、若菜さんの手で運ばれてきた。私はタピオカ入りのロイヤルミルクティー、太一はブレンドコーヒーを頼んでいた。他の客は、私たち以外には誰もいなかった。だから貴志さんも、若菜さんも、私たちと相席するように、隣に座った。

「龍太郎くんも、この仲間の輪に入れたら、もっと賑やかになっただろうねぇ」

貴志さんは、自身で淹れたブレンドコーヒーをブラックで啜っていた。

「ついさっき、彼の墓参りに行ってきたんですよ。そしたら柴山さんと遭遇して。お互いとてもビックリしちゃいましたよー」

太一もまた、ブレンドコーヒーをブラックで啜っていた。

「愛菜ちゃん。また今度こっちに帰ってくることがあったら寄ってね。マスターと私で、只今絶賛研究中のスペシャルワンプレートを完成させたら、愛菜ちゃんの分を私がご馳走してあげるから」

若菜さんは、目を輝かせながら言った。

国産牛肉だけで作ったハンバーグや、丸三日間かけて作ったトマトソースが決め手のスパゲティナポリタン、大ぶりの車海老で作ったエビフライなどを盛った、洋食のフルコースのワンプレートを一生懸命考えて作っているらしい。

「えー、ちょっとー。僕の分の奢りは、なしですかー？」

太一が、口を尖らせながら言った。

「大丈夫よ。太一くんの分は、マスターがご馳走してくれるから」

太一や貴志さん、若菜さんと色々な話ができて本当に楽しかった。今日は、久しぶりに会えた人がたくさんいたし、久しぶりに耳にする人物の話も聞けた。とても大満足だ。

それから私たちは、絶えず話し続けた。

時計は、午後四時過ぎを示していた。


「そうだ！　さっきの喫茶店のボサノヴァの延長線で、ボサノヴァでもかけようか？」

音楽プレーヤーに入っていた流行りの女性歌手のＣＤを取り出すと、彼はボサノヴァのＣＤを入れ直した。

先程喫茶店で流れていた同じジャンルの違う曲が、太一の白いステーションワゴンの車内に流れていた。

「岡中くん、ボサノヴァのＣＤ買ったの？」

「いやぁ、実はそうなんだよ。とても雰囲気のいい曲調がどうもしっくりきてさぁ。とうとう我慢できずに買っちゃったのさぁ」

運転席のシートベルトをして、両手でハンドルを握る。ヘッドライトを点灯させてから、ギアをドライブに入れた。

「じゃあ、出発するよー」

彼の白いステーションワゴンは、走り出した。

「今日は、本当に楽しかった。ありがと……」

太一は、運転しながら言った。

「こちらこそ、すごく楽しかったよ。まさかの再会から、西村先生にも会えたし、喫茶店に行くことも、貴志さんや若菜さんと色々喋ることができたことも含めて全部楽しかった」

後は、自宅に帰るだけだ。今日の夕食は、何だろう？　そんなことを考えていた。

「柴山さん、ちょっとだけロングドライブ付き合ってくれる？」

「え……？」

「真剣に話したいことがあるんだ……」

運転中の彼の視線は、真っすぐ前を向いたままだった。そして彼の口調は真剣そのものだった。

「俺さぁ、やっぱり柴山さんのこと好きだった。高校生のころからずっと。今も変わらず。だからいつか帰っておいでよ。そしていずれこっちで一緒に暮らすことができたら……」

彼の台詞は、そこで止まった。

私も前々からずっと北見に帰ってこようと考えていた。これからも龍太郎のことを忘れないで生活したい。そして地元の親友たちのことを大切だと思う気持ちを維持して生活していくためには、北見に帰ってきた方がいい。違う環境で暮らしていると、それこそ一番大切な人との想い出が一過性のもので終わってしまう。江別市に帰ってしまえば、時間の経過と共にその気持ちもだんだんと薄れてしまう。そうなるくらいなら、絶対に帰ってきた方がいいと思った。

「うん……。私も、ここ最近色々と思い悩むことがあったんだ……。いずれこっちに帰ってきてから、これからのことを考えようと思ってたし、岡中くんのことも大切な人の一人だし……。それに私は、未だにバー……、うっ……」

自らの口を自らの両手で塞いで、台詞を強制的にストップした。

「バー……、うっ……？」

「ううん……。何でもないの……。何でも……」

私のひたいから、思わず冷や汗が流れてきた。

私と太一の、二人きりのロングドライブがスタートした。

これからどんな苦しい局面や嫌な局面があっても、太一となら乗り越えていける。そして龍太郎から貰ったエメラルドのイヤリングさえあれば大丈夫。彼もまた、天国から見守ってくれるはず。私の耳元でキラキラと光り輝いていた。

地元北見の夜景は、とても綺麗だ。流れていく街並みを太一が運転する隣の助手席で眺めていた。今度北見に帰ってくる時は、もっと素敵な大人の女性になろう。龍太郎が羨むくらいの素敵な女性になって、彼をビックリさせてやろう。私は、太一が運転する車のサイドミラーの自分の顔を見た。エメラルドのイヤリングが存在感を示すようにキラキラと光り輝いていた。私は、サイドミラーに映る自分の姿を見て誇らしく思った。

もう私は、一人ではない。孤独ではないのだと思った。

太一の車内には、ボサノヴァが大音量で流れていた。

the end

あとがき

「北海道を舞台にした作品を作りたいなぁ……」

作家になることを真剣に考えた時に、ふとこのようなことを思い浮かべました。

試行錯誤を繰り返しながら、自分が納得できるような作品を、皆さんに喜んでもらえるような作品を作りたいと精いっぱいキーボードをカタカタと鳴らしていました。

そして何とか今作を最後まで書き上げることができました。

今作を通じて北海道の魅力や素晴らしさが伝わったらとても嬉しいです。

私のゆかりのある北海道内の三つの場所をうまい具合に組み合わせることができた作品になったかなぁ、と自負しております。

私の幼少期のころを振り返ってみると、あまり本を読む習慣がありませんでした。

読書好きの母親や姉にも「面白いから」と、読書をすすめられましたが、その言葉にも長らくそっぽを向いていました。大好きなバラエティー番組を見て、テレビゲームをして、とにかく自分の好きなことに時間を割いてばかりの生活を送っていました。

しかし些細なきっかけから、読書するようになりました。

元々私は、創作活動に興味があって、様々な作家さんの様々な作品を拝読していく

うちに、

「このような自作の小説が書けたらなぁ……」

そのような思いから、自分が独自に考えた作品を、自分が面白いと思える作品を、そして自分が読んでみたい作品を作ってみることにしました。

今作が一人でも多くの方のお手元に届いて読んでいただける機会があればいいなぁ、と思っております。

今作を書籍化するにあたり、たくさんの方々にお世話になりました。

当初私が作家になることをあまり賛成してくれなかったけれど、私の頑張ろうとしていることを理解して、優しく温かく見守ってくれた両親。

「何事も挑戦することが大事だから」と、私が作家になることをとても喜んでくれた姉。

私に読書する面白さを教えて下さった知り合いの書店の店長さん。

作家になることを悩んでいた時に、そっと背中を押して下さった、かつての職場の同僚の方。

遠い昔は、馬鹿ばっかりやって、楽しい時間を共有してくれた大学時代の悪友たち。

大学生だったころに私のことを家族同然に優しくして下さったみなさん。

今作を書籍化するにあたり、親身にサポートして下さった文芸社スタッフのみなさま。

今作の桜をモチーフにした表紙の挿絵を描いて下さったイラストレーターさん。たくさんの方たちにお礼を申し上げたいと思います。

本当にありがとうございました！

今後も作家として数多くの作品を上梓して、人口わずか五〇〇〇人ほどの生まれ故郷の小さな田舎町に錦を飾れますように……。

長田　太朗

著者プロフィール

長田 太朗（おさだ たろう）

1987年、北海道佐呂間町生まれ。北見市在住。
酪農学園大学卒業。
現在、会社員として勤務する傍ら執筆活動を続ける。
趣味は、読書、ランニング、登山、スポーツ観戦、
ギター演奏など多数。

私が月灯りに照らされるころ

2022年２月15日　初版第１刷発行

著　者　長田 太朗
発行者　瓜谷 綱延
発行所　株式会社文芸社
〒160-0022 東京都新宿区新宿1－10－1
電話 03-5369-3060（代表）
03-5369-2299（販売）

印刷所　株式会社暁印刷

ISBN978-4-286-23373-4